JN196035

駿台学園を最強に導き、
今なお勝ち続ける

異端児

梅川大介

竹書房

はじめに

2024年、12月。間もなく年が明ける。

高校バレーボールに携わる指導者、選手にとって最も大きな大会である全日本バレーボール高等学校選手権大会、通称「春高バレー」。1月5日から開幕する2025年の第77回大会は、駿台学園にとって三連覇、三冠のかかる大会だ。

私が現役時代の春高は3月開催。かつての歴史をたどれば三連覇を達成したチームもあるが、1月開催になってからは2013、14年に連覇した星城、15、16年を制した東福岡、そして22、23年で連覇した駿台学園の3校による二連覇まで。もしも三連覇を成し遂げれば、男女を通じて史上初のことになる。

前回（2024年）の大会を制覇してから、周囲の監督さんたちからは「三連覇、狙うんでしょ」と言われたが、正直に言うと私の中でそれほど強く意識することはない。むしろ、今年は選手たちが決めた「三冠」という目標に向けて、これまで歩んできた。そもそも、結果がすべてと考えるタイプの人間ではないので、私個人の考えを言えば「三冠」も

「三連覇」も目標ではなく、やるべきことは日々、その日の最高の練習、試合をするということだけだ。

高校の3年間、指導者が選手にすべきことは何か。私が考えるのは1つ。「完璧な土台」を築くことだと思っている。

中学から高校に入学して、身体も変わるしネットの高さも違うし、バレーボール自体も変わる。さらに言うならば高校を卒業して大学、SVリーグ、海外、日本代表など活躍の幅が広がれば、求められるものは増え続けるばかり。だからこそ、高校時代に完璧な土台をつくっておかなければ、いくら上で経験を重ねたところで上積みはされない。バレーボールに関する考え方や技術、正しいウェイトトレーニングによる身体づくり、人間形成。これらすべてを完璧につくらなければならないのが高校時代であり、土台がなければどれほどの能力値があってもこの先、伸びていくことはない。

もちろん、私自身は完璧な人間でも指導者でもない。だが、高校生たちよりは多少長く生きていて、経験も積んできた。そして多くの人たちと接して、人を「観て」きたことには少し自信がある。だから、高校を卒業してもバレーボール選手として生きていきたいからバレーボールだけをやっていればいい、というほど人生が甘くないことも知っている。

バレーボール選手である前に、人としてどうするべきか。道徳教育のように聞こえるかもしれないが、選手たちに伝えているのは「好き嫌いで判断しないように」ということ。人間誰しも、人と接する中で得意、不得意がある。人だけでなく物事や教科、さまざまなことにそれは存在していて、「これは嫌いだからやりたくない」「この人は嫌いだから接したくない」と考えてしまうこともあるが、そうじゃない。だから、私は生徒たちにはこう言う。「嫌いだから、じゃなくて、善悪で考えなさい。その考え方ができれば、だいたいの場面でミスをしないから」

具体的にどういう意味か。

たとえば、2つの選択肢から何をすべきか選ぶ。その時に「好き嫌い」で選んでしまうと、単純に「やりたくない」ものは切り捨ててしまう。だが「善悪」を基準によく考えれば、嫌なものでも自分の将来を考えたらチャレンジするのはプラスになるかもしれない、と違う発想が芽生えるはずだ。

もう1つ、時折選手たちに問うことがある。

「感情は変えられるか、変えられないか」

私の理論は後者。感情は変えられないと思っている。だが、感情を変えるために行動を変えることはできる。

たとえば朝起きた時に、疲労が抜けきれていなくて身体が重い。学校や仕事に「行きたくないな」と考える。この〝感情〟を変えることはできない。だが、行きたくなくても行かなければならないことは理解している。だから顔を洗って、少しストレッチする。そのうちに「よし、行くか」と行動を変えれば、気持ちも前を向くのではないだろうか。

試合に負けたり、自分のプレーに満足いかないまま試合を終えたりすると悔しさが残る。人間として素直な感情だ。だが、その悔しさをいつまでも引きずっていては何も変わらない。感情が変えられないように、「過去」は変えられないのだから、いつまでも過去の失敗を引きずっていては、そこに留まっているまま。ただし「未来」は変えられるのだから、変えていくためにどうアプローチをしていけばいいか。その考え方を学ぶことが重要で、それができる、すべき時なのが高校生活の3年間ではないかと私は考えている。

人は変えられないが、自分は変えられる。それは選手だけでなく、指導者も同じだ。どれだけ指導をしても、なかなか変わらない、上達しない選手もいて、どうすべきかと頭を悩ませることもある。だがいくら考えていても、考えるばかりでは何も変化しないし、違うアプローチをしなければ変わることはない。自分の行動、やり方次第だ。

人間は楽なことに飛びつく半面、苦しい時に本性が出る。チームスポーツはまさしくその象徴で、チームが苦しい時、いかに我を出さずにチームのために行動できるか。選手たちにはそのための土台を築いてほしいし、それができればこの先、大人になっても逆境に耐えて、大崩れすることなく生きていけるはずだ。

バレーボールだけでなく学校生活も同じ。いくらバレーボールが上手でも、テストを受ければ赤点ばかり、という選手にはまず伝えている。

「君はバレーボール選手である前に、高校生。部活は課外活動だから、目標が達成できなくても卒業できるけど、授業は必須だから卒業できないよ」

偉そうなことを書いているが、私も教員として、指導者として、まだまだ未熟だ。だが2014年に駿台学園の監督となり、自分が学生時代の頃から多くの方々から学び、その都度自分に落とし込んで考えてきた。そしてバレーボールの世界では、幸いなことにこの10年間で三度の春高優勝、そしてセンターコート（準決勝以降の1面コート）にも六回立った。

私の経験や考え方を記し、少しでもシェアできれば。その思いで筆を取る。へーそうなのか、と同意していただくのは嬉しいが、それは違うだろう、と思われても構わない。自分なりの正解を求める中、この本が何かのお役に立てるなら、と願うばかりだ。

目次

第2章 全国の名将を唸らせる〝知将〟への道のり

第3章 選手やチームを「視る」ポイント

第4章 データの活用

第5章 頼れるものはすべて頼る

第6章 最強駿台学園の練習

第7章 バレーボール界の未来に向けて

第1章

駿台学園はなぜこれほど強いのか

駿台学園の強さの秘密

「駿台はいいよね、選手が揃っているから強いんでしょ」
２０１４年から駿台学園の監督としてチームを率いて10年が過ぎる中で、事あるごとにそんな言葉を聞いた。その都度「おかげさまで、うちは人数がいるので」と応える。しかも笑顔で。だが、内心では違うことを思っている。

選手が揃っているからといって楽に勝てるほど、チームスポーツ、バレーボールは簡単ではない、と。

どう受け取られるかは人それぞれ。私は細かいことは気にしないし、周りからどう見られているかも全く気にならない。だが、なぜそれほど「駿台は強い」と言われるのか。その理由は自分でもわからない。

確かに、バレーボールをする高校生にとって、最も大きな大会が全日本バレーボール高等学校選手権大会、通称「春高」。全国の高校が日本一を目指して戦う。その舞台で駿台学園は三度優勝した。

最初は2017年。私が駿台学園の監督になってから3年目、この年は夏のインターハイ、秋の国体と合わせて高校主要タイトルの「三冠」を達成した。3年生たちは私が監督になって初めてスカウトをして、3年間をともに過ごしてきた世代で、思い入れが強く最初の優勝は私にとっても感慨深いものだった。

今だからできる話だが、正直に言うと、この「三冠」で心が燃え尽きかけたのも事実だ。それでも選手たちは「うまくなりたい」「勝ちたい」と願って、駿台学園男子バレーボール部に入部してくる。そして、厳しい練習をサボらずにやる。その結果が2023、24年で達成した連覇だと思っている。

選手たちは結果に見合う努力をしてきた。そう胸を張って言うことができるが、敗れれば時に辛辣な言葉も浴びる。3回戦で日南振徳に敗れた2022年の春高では、試合直後に宮崎のメディアから投げかけられた言葉を、はっきりと覚えている。

「地元の選手が集まる公立校に、選手が揃う駿台学園が敗れた。そのことをどう受け止めていますか」

悔しい、というよりも、あー、そういう捉え方をされるのか。それが私の本音だった。

だが「選手が揃っている」と言われれば決して嘘ではない。全国大会でも優勝経験がある駿台学園中の選手も多く、「勝ってきた」経験のある選手が揃っているのは事実だ。

そんな背景から「駿台は選手が揃っているから勝てる」と見られるのは理解している。けれど、彼らが勝ってきたのはあくまで中学の話であり、高校は全く別の世界。中学で全国優勝したから、高校でも全国制覇できるというほど甘い場所ではない。

ならば、駿台学園の強さはどう説明するのか。

理由を突き詰めて考えたことはないが、1つ言えるのは「キャリアの違い」ではないだろうか。

高校バレーは、とにかく試合数が多い。学校の新学期が始まる4月をスタートとするならば、すぐに関東大会へ向けた東京都予選、出場権を得れば6月には関東大会があり、終わり次第翌週からインターハイ予選がスタートする。そして出場権を獲得すれば、7月末、8月頭にはインターハイに出場する。終わればすぐ、選抜メンバーによる国体予選があり、9月から11月にかけて春高東京都予選が行われ、合間の10月には国体本戦、そして1月には春高がある。ここで挙げた主要大会以外にも、私学大会や高校だけでなくトップチームまでが参加する天皇杯、黒鷲旗などとにかく大会が多い。

選手にとっては、すべて貴重な機会ではあるが、同じ選手ばかりが出場していては経験値に大きな差が生じる。だから、というわけではないが、駿台学園は大会によってメンバーも異なるし、もっと言えば試合によっては第1試合と第2試合ではメンバーが大きく入れ替わることも珍しいことではなく、同じ試合の中でも1セット目と2セット目でメンバーが代わることもある。選手たちも理解しているので、「はい、このメンバーで行くよ」と伝えれば、異論を唱えずに受け入れて、選ばれたメンバーがそれぞれのベストパフォーマンスをする。それだけのことなのだが、好意的な意見ばかりではなかった。

なぜか。

「勝てる」と踏めば、春高出場をかけた東京都大会の決勝でもメンバーを代えるからだ。

メンバー構成の決め方

東京から春高に出場できるのは3チーム。加盟校が多いため、大阪や神奈川と同様に2枠はもともと与えられているのに加え、開催地枠としてプラス1。計3校が出場する中、駿台学園は2009年から実に14年連続で春高出場の権利をつかみ続けてきた。

正直に言えば、私は東京の代表になることを第一目標にチームをつくってはいない。むしろその先の全国大会本番、さらに言うならば選手1人1人の将来を見据えて、目先の勝利よりも1つ1つの経験を重ねることで技術を向上させたい。そのためには、1人でも多くの選手に試合出場の経験を積ませたいと考えてきた。

部員数は決して少なくない。駿台学園中からそのまま上がってくる選手を主軸に、他の中学からスカウトする選手も学年ごとに数名いる。加えて、基本的にはどんなレベルであっても、入部を希望する選手は断ることなく受け入れている。

少数精鋭で形を作り上げるチームとは異なり、試合に出場する機会の多いレギュラー選手はAチーム、なかなか試合出場がない選手はBチーム、大きく区切れば選手を2つに分けている。Aチームと Bチームは、普段の練習から基本的には別々だ。

春高やインターハイに出場するのはAチーム。とはいえ、Bチームの選手が試合に出られないのかといえばそうではない。7月に行われる関東私学大会には、Bチームの選手が駿台学園の代表として出場する。そこで活躍したらすぐAチームに入れるというわけではないが、1人の選手として試合に出場し、経験を得ることはできる。

春高予選も、同じ考えに基づいている。

たとえば、その年によっては東京の中で実力差が大きくある場合、1セットを取った後に2セット目からはベンチ入りしているリザーブメンバーにガラッと代える。特に、それまで出場機会がなかった下級生を積極的に起用する。

もちろん理由がある。なぜかといえば、春高はその年のチームにとって最も大きな目標だ。だが、その大会が終われば3年生は抜けて、すぐに新たなチームで挑む新人戦が始まる。すべてのチームが同じ条件ではあるが、始動する段階ですでに下級生が経験を積めていたら、当然ながらスタート段階は上がるからだ。

新チームになって初めてコートに立った。初めてユニフォームを着た。そんな選手ばかりでは、また1からどころか0から始めなければならないが、代が変わってもすでに経験してきた選手が残っていれば、そこまでのベースも確実に受け継がれていくので上乗せができるはずだ。

試合に出てうまくいかないことはもちろんあるが、3年生がサポートしてくれる状況ならば、恐れることなくチャレンジもできる。だから、私は「今年は3年生だけ」のように、チームづくりにおいて学年で偏らせることはない。できるだけ早く、しかもできるだけ大きな舞台を経験する。チームはもちろん、選手個人の将来にとっても重要だと考えているが、以前春高の東京都代表決定戦の決勝で1セット目を先取した後、2セット目にメンバーを一気に入れ替えたらお叱りを受けた。

「どうして大事な決勝で手を抜くんだ」

「相手は真剣に挑んでいるのに、メンバーを代えるなんて失礼だ」

愕然とした。なぜなら、メンバーを代えても一切手など抜いていない。むしろコートに立ってプレーした選手たちは、その瞬間が与えられたチャンスであり活躍の舞台だ。スタメンで出ていた選手たちと同様に、彼らは自分ができるベストパフォーマンスを発揮していた。それを「手を抜いている」とか「失礼」という発想でしか考えられないほうが、よほど失礼だ、と考えないのだろうか。

私は何を言われても気にならない。むしろ堂々と「普段試合に出る機会の少ない子たちを、なぜここで出すのがいけないのか」と言い切れる。それどころか、試合に出場した記録があれば、大学に進学する際にも選手にとっては1つの評価材料になる。だから、普段はアナリストとして試合に出場する機会がない選手でも、出せる試合ならばリリーフサーバーで試合に出す。その出番を少しでも増やすためには、試合に出るAチームの選手たちに「お前たちが勝って、これなら大丈夫だ、と思える状況をより多くつくることができれば、みんなが出られるチャンスが広がるんだよ」という話もする。

今思い返しても、なぜ怒られるのか。腑に落ちない。とはいえもちろん皆が皆、同じ考え方をするわけではないことも理解している。だから私はこれからも、出せる試合には1人でも多くの選手を出場させるつもりだ。

中学でエリート≠高校で勝てる選手

バレーボールだけでなく、スポーツの世界では早くから脚光を浴びる選手がいる。「天才少年」や「天才少女」と注目を集めるが、その中でどれほどの割合が本当にトップ選手まで上り詰めたかといえば、全員が全員イコールではない。

競技特性や身体的成長など、違いや要素はさまざまだが、バレーボールでも同様のことは大いにあり得る。繰り返すようだが、中学校で勝ってきた、小学校で勝ってきたからといって、高校で勝てるほど簡単ではない。むしろ小中学生の頃に勝ってきた選手ほど、高校で成長するのが困難なことすらある。

どんなケースか。まず、技術や身体的要素だけでなく、最も重要なのは考え方の違いだ。中学生の頃までは自分で考えず、監督から「やれ」と言われたことを忠実に再現するだけでも十分勝機はあるかもしれない。中学の指導者は経験が長く、私が中学生の頃から監督として現場にい続ける人たちも多くいる。さまざまな成功体験の中から導き出される、中学の全国大会で勝つにはこのプレーができればいい、この動きができればいい、という正解に基づき、選手たちを当てはめる。

たとえば技術を例にすると、オーバーハンドパス1つとっても中学と高校には大きな壁がある。セッターが上げるトスだけでなく、サーブレシーブでもチャンスボールの際にも、オーバーハンドパスは必要とされる基本中の基本とも言うべき技術だ。しかし、その基本技術が中学生のうちに身についていない選手が驚くほど多い。

バレーボールに精通していない人からすれば、全国優勝するほどのチームが基本技術もできないというのはどういうことか。想像がつかないかもしれない。もちろん、全く「できない」というのではなく、中学でしか通用しない技術しか持ちえていない選手があまりにも多い、というのが正解だ。

すべての学校が当てはまるわけではないが、あくまで私の印象として、強豪と呼ばれる高校のチームは練習がどんどん効率化されて、1日の練習時間はどんどん短くなっている。対して中学は、下校時間内に収まるようにという決まりがあるとはいえ、休日に目を向ければ1日中練習しているチームも少なくない。どんな練習をしているのか、と見てみると、レシーブ練習やスパイク練習などひたすら同じ動きを繰り返しているだけで、その1つ1つの動きを突き詰めているわけではない。それでも勝てるのは、長い時間練習することで基礎体力が上がるから。その差だけで、中学年代では勝ててしまうのも事実だ。

では、技術はどうか。たとえばオーバーハンドパスでは、指先で弾く力がないから、と両手の中に入れてからパスを出す選手も多く、このクセがついていると間違いなく高校以降では通用せず苦労する。それでもまかり通ってしまうのは、中学ならばその技術でも勝てる、むしろドリブルで失点をするリスクが減るから。弊害と言わざるを得ないものだ。

選手の目的が、ただ「勝ちたい」「全国優勝したい」というだけならば、それでもいいのかもしれない。だが、競技人生はまだ始まったばかりで先は長い。むしろ、学生時代はこの先につながる土台を築くべき年代で、そのための体力づくりや、基本技術を学ぶ時期。そして、いかに「考えて」バレーボールができるかを体現する時期でもあるはずだ。

やれ、と言われたことをやらされるだけでは、成長しない。これから先もバレーボール選手として生きていきたい、と願う選手たちの引き出しをいかに増やし、どのタイミングでどの引き出しを開けるのが効果的かを伝えるのが、指導者の仕事だと思っている。

A、Bチームに分ける理由

2024年現在、駿台学園高校男子バレーボール部に所属する選手は54名。11名のマネージャーも合わせると65名の大所帯だ。

当然ながら、全員が一緒に練習することはできない。そもそも体育館も高校バレー部専用ではなく、高校男女、中学男女が3面とれる体育館を1面ずつ使用するため、人が多すぎれば練習が回らない。試合に出場する選手の練習だけで、他の選手はボール拾いだけで終わってしまうなど、全く意味がない。だからこそ、全員がそれぞれの目的に沿った練習をできるように、前述の通りチームを大きくAとBの2つに分けている。

学年によって人数が異なるので、一概にこの数字で決まりというわけではないが、基本的な分け方としてAチームは28人。関東だけでなく東海、関西圏の遠征時にはマイクロバスで向かうため、バスに乗れる人数を考えればそれが上限いっぱい。九州など飛行機を利用する場合は、さらに人数が絞られるのが現状だ。

理想を言えば、各学年8名程度で3学年合わせて24名ほどが好ましい。その人数ならば練習もスムーズに回せるし、戦力も充実する。だが駿台学園は、推薦入学だけでなく一般入試を経て入部を希望する選手も受け入れている。そうなれば、必然的にAとBに分けざるを得ないのだが、それは決して格差をつけるというわけではなく、試合に出られない選手、練習に参加できない選手を減らすことも目的の1つだ。

私が現役時代、高校生の頃を振り返ると、試合にも出られず先輩の練習試合を見るだけなのに、遠征をしなければならないのがたまらなく苦痛だった。理由は簡単。ただボケっとしながら試合を見て応援するだけで、バレーボールをする時間が全くないからだ。同じ日曜日を過ごすにしても、練習試合に出るメンバーだけが遠征して、それ以外のメンバーは学校に残って練習するほうがずっと楽しいと思っていたし、たとえその場に監督がいなかったとしても、その時の自分に必要だと思う練習に取り組むことができる。比べるまでもなく、そのほうが圧倒的にいいと思っていた。

今、指導者となってAチームとBチームに分けているのも、ベースには同じ理由がある。基本的にAチームの練習は私が見ているが、Bチームの練習には顧問教諭が帯同するだけで、直接指導を受けられるわけではない。学校内だけでなく、近隣にある公共施設を練習場所として借りることもあるので、どんな練習をしているのか、その都度私も確認できているわけではない。だがその中で、どれだけ自分に必要なことを高められるか。そのための練習ができているかは自分次第でもある。

AとBに分かれていても、当然選手が入れ替わることは大いにあり得る。最もわかりやすいのは、Aチームでケガや体調不良の選手が出た場合、同じポジションができる選手をBチームから合流させる。いつチャンスが来るかわからないのだから、日々の練習で自分の力を高めておけば、予期せぬ機会にも動じることなく自分の力を発揮できるはずだ。

さらに言えば、Aチームの中でもリザーブや控えに回る選手たちと、Bチームで試合に出場する際に主力となる選手たちによるAB戦も行われる。5セットマッチを行い、Aチームが負けた場合や、勝っていても1セットを落とした時には選手同士で敗因を話し合い、Aチームから1人、Bチームと選手を入れ替えることもある。

実例もある。2023年に春高で優勝したチームのセッター、吉田竜也がまさにそうだった。1年の時はBチームからスタートしたが、Aチームの主軸で2学年上のセッター、中田良が9月に膝を負傷。回復具合によっては、春高も間に合わないかもしれない。もう1人、ベンチに入る1年生のセッターがいたが、Aチームの正セッターを担えるほどの技量と経験はなかった。そこで誰を上げるか、と考えた時にBチームで誰よりも一生懸命練習していた吉田をAチームに入れ、最後までセッターとして上げ続けた。まさに努力でつかんだ成果だ。

基準になるのは、バレーボールの技術だけではない。普段の練習態度や姿勢、学校生活も含め、あくまで選手たちの目線で判断する。時折、監督としては「この選手はAチームのまま残しておいてほしい」と思う選手がいても、選手たちが「積極性がないからダメ」と判断すればその選手は選ばない。

そもそも、駿台学園では春高のメンバーを決める際、最後の2人を決めるのも選手。その年の3年生に任せている。登録は18名、毎試合ベンチに入るのは14名なので、私が決めるのは16名まで。最後の2名はどうするか、と選手たちに委ねると、吉田のようにBチームでも頑張っている選手をセレクトしてきたり、その年のキャプテンにとって最も信頼できる存在を上げてきたり、毎年傾向は異なる。

たいていの場合は、私も相違ないのだが、唯一の例外とも言えたのが2020年。伊藤吏玖《りく》や染野輝《ひかる》が主軸を担い、春高で準優勝した世代が最後の2名に選んできたのは2年生だった。もう1人、私の目から見ればこの選手を選べばいいのではないか、という3年生がいたのだが、選手に言わせると「仲は良いけれどプレーヤーとしての能力値、今後のチームを考えたらこのほうがいい」と毅然としていた。

部員の数が増えれば、私が目を配れる人数にも限りはあるが、私だけではなく2人のコーチ、そして最も身近で選手を見る「目」もあるのは心強いことだ。

1月開催と3月開催で春高バレーが変わった

私が現役時代から、高校生バレーボール選手にとって最も華やかな大会は春高だった。なぜなら、全試合がオレンジコートと呼ばれる国際試合と同じようなタラフレックスという床材が敷かれた特殊なコートで行われ、テレビ中継もされるからだ。

今は全試合がインターネットで配信されるため、すべての試合にアナウンサーや日本代表ＯＢ、ＯＧによる解説もつく。コートだけでなく、国際試合と同じ会場で華やかなライトで照らされる中、目いっぱいバレーボールを楽しむことができる。高校生にとっては、滅多に経験することのできない機会であるのは間違いない。

だが、私が高校生だった頃と今を比べれば、大きな違いがある。開催時期だ。

私が高校生の頃も含め、２０１０年まではまさに大会の通称通り、春高は春休みの期間を利用して3月20日から6日間開催されていた。卒業式は終わっているため、主軸になるのは1、2年生。入学式はまだなので、入学予定の中学3年生は出場できない。予選が始まるのは1月だから、今で言うならば新人戦がそのまま春高に直結する大会だった。

チームが始まったばかりどころか新チームが始動する前の全国大会と、4月から約1年をかけた集大成とも言うべきチームで臨む1月開催の全国大会では、勝つチームも当然違う。語弊がないように言えば、3月開催の春高は最も「華やかな」大会ではあったが、名実ともに日本一をかけて戦う大会ではなかった。

では、どんなチームが全国を制してきたのか。

この選手にトスが上がればほぼ決まる、といういわゆる大エースを擁するチームではないだろうか。

3月開催の頃は、高校生にとって最も位置づけの高い大会は、夏に開催されるインターハイだった。その後、秋には国体も開催されるが、学校単独で出場するチームばかりではなく、各校から選抜された選手を集めた合同チームも多い。印象としては、夏のインターハイで勝負をして、ほぼ大半の3年生はそこで終わり。ごく一部の選抜された選手が出場するのが国体、という位置づけだった。

夏の大勝負に向けて、3月の春高からチームをつくる。とはいえ組織力を徹底してつくり、磨き上げるには時間が足りない。そのため、どんな相手でも突破する攻撃力を有する、圧倒的な「個」がいるチームのほうが強かった。バレーボール自体も今よりはシンプルで、複雑なコンビネーションもない。高く上がったトスを、高い打点から思いきり打ち切る。エース対決と謳われる試合が多いのも、3月開催の春高の特徴と言えるだろう。

ところが、開催が1月になれば話は全く変わってくる。それまでの春高予選は、4月から始まる新たなチームのスタートに向けた、文字通りの〝新人戦〟だった。入学して数か月後に行われるインターハイがその年最大の勝負であるために、よほどの力を持った選手でない限り出場機会がなかった1年生も、1年をかけてじっくり育てて起用することができる。

これだけの時間があれば、体力、技術、そして知力も上がる。自分に求められているものが何か、そもそもこのチームが掲げるコンセプトは何か。わけもわからぬまま、言われたことを「やれ」と言われた通りにやるだけならば楽だが、駿台学園ではまずそのシチュエーションはない。何が求められ、何がいらないのか。まずは考え方の基本を学ぶ時間が必要だ。

だから、というわけではないが、おそらく他校と比べて、ミーティングの回数は圧倒的に多い。試合期間中は毎日だが、普段の練習時にも全体ミーティングだけでなく、選手同士でもミーティングをしている。週末に公式戦や練習試合があった際には、その時何がダメだったか、次への改善点は何かを抽出し、具体的にどうアプローチしていくかまで話し合う。そこで導き出された回答に対して、監督である私がその考え方で適しているか、違うのかを指示する。3年生になればほとんど意見の相違はないが、1年生のうちからそのすべてを理解しようと思っても無理がある。そして、私が1人1人全員に直接伝えるには時間がない。

だからこそ、中心になるのは3年生たちだ。日々の練習時から、下級生のプレーを見て「まだ理解していない」と判断すれば、私は直接その生徒に注意をするのではなく3年生を呼んで尋ねる。

「今のどう思う？　あの動きを見てどう感じる？」

「うちのルールとは違うと思います」

「そうだよな。じゃあ何が悪いと思う？」

「ここの判断が違います」

「そうだな。じゃあ今話したことを教えてあげて」

そんなやり取りを通して、最初は理解できていなかった1年生たちにもどんどん駿台バレーが浸透していく。さらに身体もできてくる。夏のインターハイがメインの時には、まだ筋力が十分ではなかったとしても個人技でどうにかなっていたものが、夏場を経て身体も技術も成長を遂げれば、もともと力を持っている選手たちは圧倒的に強い。

加えて、春から夏、夏から秋、秋から冬とさまざまな公式戦や練習試合で経験も重ねている。もちろん大舞台になれば緊張も伴うので、1回戦から精度を追求する必要はない。まずは高さやパワー、大きくてシンプルなバレーで初戦を突破したら、そこからより精度を突き詰めていく。だから1月の春高を勝つためには、「個」の力だけでなく組織力、総合力が求められる。同じ「春高」とはいえ、大きな違いがあることが証明されているのではないだろうか。

今につながるベースができたのは初の〝三冠世代〟

駿台学園の指導者になったのは2014年。正確に言うと女子のコーチとしてその前年からスタートしたが、男子の監督として中学生の選手を初めてスカウトして、入学から卒業まで過ごしたのが2017年に三冠を達成した代だ。主将を務めた坂下純也、ミドルブロッカーで日本代表にも選出された村山豪、藤原奨太、本澤凌斗といった面々はSVリーグでプレーしている。個性豊かな選手が揃う中、現在は駿台学園でコーチを務める土岐大陽《ひかり》が、支柱となってチームを束ねていた。振り返れば、いくつものエピソードに尽きない世代だ。

あえて「土岐たちの代」と言わせていただくが、土岐たちの代は全日本中学校バレーボール選手権大会で駿台学園中が優勝しただけでなく、全国のベスト4を東京の中学（駿台学園、大森二、サレジオ、渕江）が占めた。都道府県の選抜選手が出場する、JOCジュニアオリンピックカップ全国都道府県対抗中学バレーボール大会でも東京代表が優勝した。いわば「最強」の呼び声高い選手の大半が東京に揃っている。じゃあそこから選手をどう集め、揃えるかがスカウトとして腕の見せどころなのだが、私の場合はスタート段階から利点があった。東京の中学校でベスト8以上に入るチームを率いる監督さんたちが、私が中学生の頃からほぼ変わらぬ顔ぶれであったことだ。世代交代という面で見れば問題と捉えられるかもしれないが、初めて高校の指導者になり、自分が率いるチームに「選手を送ってほしい」とお願いをする立場としては、「初めまして」ではなく「どうもこんにちは、お久しぶりです」というスタンスで関われることは、大きな利点だった。

私の中学時代をよく知っている先生方ばかりで、「お前が監督をやるのか」と皆、冗談交じりにからかいながらも、好意的に接してくれた。そのおかげで私も甘え、「先生、この選手、うちに送ってもらえませんか？」とストレートに言うこともできた。今思えばずいぶん図々しい若造だが、それでも「面白い」と選手たちを駿台学園に送ってくれた。

そもそも、中学で全国制覇を経験している駿台学園中の選手たちがいる。さらに、全国ベスト4の東京の中学校から選手を集める。「付属もあるのにずるいじゃないか」と言われそうだが、中高一貫とはいえ、全員が全員、駿台学園中から駿台学園高に上がるわけではない。さかのぼれば、日本代表として東京、パリと二大会の五輪に出場した関田誠大も駿台学園中の出身選手だが、高校は同じ東京の東洋を選択した。

三冠世代の土岐も、実はかつての関田と同様に駿台学園中を卒業したら、そのまま高校に上がるのではなく別の高校への進学を考えていた。もしも土岐が、駿台ではなく違う選択肢を選んでいたら、同じ駿台学園中だった坂下や村山、藤原も違う進路に進んでいたかもしれない。それぐらい、同じ「駿台学園」とはいえ内部進学率が100%というわけではない。さまざまな選択肢がある中で、選手たちは「中学で勝ったメンバーと、高校でも日本一になりたい」と決断して駿台学園高への進学を選んでくれた。そこに大森二中の本澤、そして今は駿台学園高女子バレーボール部の監督を務める吉田裕亮が加わり、彼らを軸とした三冠世代がスタートした。

何しろ中学で日本一になったメンバーが揃っている。しかも、この年代の全国ベスト4に入った選手たちがいる。つまり高校3年間、普通に彼らが成長を遂げていけば、全国優勝をする力はあるということだ。大げさではなく、もしも勝てなかったら理由は1つ。監督の責任だ。

いい素材が集まっているから勝てる。それは確かに間違っていないかもしれないが、中学がピークで、高校の3年間は何も成長できなかった、成長させられなかったとしたならば、メンバーが揃っていても勝てない。

普通に伸ばすことができれば必ず勝てる学年だ。その自信と責任を背負い、スタートしたのが三冠世代だった。

力の差は「頭」で引っくり返せる

自分のことを分析した時に、私が優れている人間だとは思わない。それでもただ1つ言えるのは、負けてはいけないところで負けなかった。振り返れば、その積み重ねが今につながっているのかもしれないと思うことがある。

監督になって1年目、当時は東京でも三番手。東京の強豪として全国制覇も成し遂げた、私の母校でもある東亜学園、東洋を追いかけていた。後章で詳しく記すが、もともと駿台学園に来た時、私は男子バレー部ではなく女子バレー部の指導に就いた。急遽、途中から男子の監督に就任したので、当初は選手のスカウトなどできるはずもなく、今目の前にいる選手たちでどうやってチームをつくるかという状況だった。特に、監督1年目だった2014年時の3年生たちは、駿台中でレギュラーだった選手がほぼ全員東洋に行き、それ以外の主力を争っていた選手たちは東亜学園へ。新入生として中学での優勝経験を持つ土岐たちの代が加わったが、3年生で主軸となる選手はほぼいなかった。

いくら1年生が経験豊富とはいえ、それはあくまで中学の話。組織として未熟なチームを引き上げていくために、何としても全国大会に出場したかった。照準をあてたのは3校出場できる春高ではなく、2校に出場枠が狭まるインターハイ。難易度が高いほうにチャレンジしたい、というのと、インターハイに出ていれば春高出場への可能性も上がると考えたからだ。

そして結果から言えば、この年、駿台学園はインターハイへの出場権を獲得した。力では劣るかもしれない相手に、あえて真っ向勝負ではなくどうすれば効率的に点が獲れるか。これも後章に記述するが、駿台学園に着任する前のNECレッドロケッツ（現・NECレッドロケッツ川崎）でアナリストを務めた経験から、データバレーを駆使して対戦相手を分析し、自チームの強みと弱点を徹底的に洗い出し、どうすれば戦えるかを考え抜いた。そして、力ではなく頭を使ったバレーで、東京代表の座を手に入れた。

今でこそ、マンガ『ハイキュー!!』の影響や、インターネット、SNSやYouTubeなど情報を求めようと思えば誰でも手軽に求められる。このプレーを見たい、学びたいと思えばスマートフォン1つで簡単に映像を見ることができるし、幼い頃から読んできたマンガに専門用語も書かれていて、トップカテゴリーと遜色のない言葉や発想を持つこともできる贅沢な時代だ。

だが当時は、まだそのレベルには達していない。データバレーとは何か。そもそもデータをどうやって見て、どう活用すればいいのか。この場面ではどうするのか。就任当時は時に練習を止めて、1つ1つを細かく説いてきた。その結果、まず自分たちが「考えて」作り出す頭を使ったバレーができるようになったのは、私が監督としてスカウトした最初の代、後に三冠を成し遂げた1年生たちだった。

求められていることを理解して、自分たちが頭を使って考えて動く。監督から言われるまで待ち、言われたことをその通りにやるのではなく、むしろ私の指示を待たずに「こうすればいいのではないか」と自分たちで勝手に作り上げていった。

バレーボールの能力値もさることながら、勝ってきた代に共通しているのは「考える」能力に加え、人を「観る」能力に長けていることだ。練習中も、常に私のことを観察して、次はどんな練習メニューが組まれるのか、何が求められているのかを探るために常に「観て」「考える」。練習時だけでなく授業中も先生たちのことを観察していたので、3年生になる頃には担当教諭の授業のうまい下手もしっかり見抜かれていた。

優れた観察眼は、勝負の世界では紛れもない武器だ。この1点、この1試合は絶対に落としてはいけない。では、何をどうすれば勝てるか。頭をひねり、やるべきことを導き出す。もしもあの試合で負けていたら——。そんな転機に見舞われることなく、ここまで進んでくることができた。少しだけ胸を張れることなのかもしれない。

「三冠」を目指すチームと「春高」を目指すチームの違い

選手をスカウトする、と書いておきながら白々しいと言われるかもしれないが、勧誘自体は少ない。この選手を育てたい、と思う選手には声をかけるが、この選手がいるから勝てる、という基準で見ることはない。当然ながら、選手に声をかける時も「春高で優勝できるから駿台に来ないか」と言うことなどない。

ただ、これだけは言う。

「高校でバレーボールをするならば、春高に出てセンターコートに立てるチームを選んだほうがいいよ」

なぜか。

バレーボール選手にとって、後に日本代表選手となるような活躍をしていかない限り、おそらくバレーボール人生で一番華やかな舞台が、春高のセンターコートだと思っているからだ。

1回戦から準々決勝までは男女の試合が同時進行で行われているため、初戦と2回戦は1つのフロアに4面のコートがつくられ、サブコートも合わせた5面で試合が行われる。それぞれのチームを応援する応援団はスタンドにいるが、それだけの試合が同時に動いていれば、1つのコートに視線と注目が集まることはほぼない。

だが、センターコートになった瞬間、世界は一変する。

たった1つ、目の前にある1つのコートで行われている試合に、全観客の関心と視線と応援が一斉に注がれる。そんな環境は他にはないし、あの舞台に立てる経験ができるのはほんの一握り。バレーボール人生において、絶対に経験すべき場所であるのは紛れもない事実だ。

学校選びの1つの要素として「春高」を語ることはあるが、入学してきてから選手たちに向けて「春高で優勝するぞ」とか「春高のセンターコートに立て」と言うことはない。それどころか毎年、そのチームでの目標を設定するのは選手たちに任せている。

どれだけ現実的か、そうではないかを問わず、選手たちが目指す目標を定める。大半は「三冠」と言ってくるが、唯一目標を「春高優勝」と掲げた代があった。2023年に春高で優勝した佐藤遥斗が主将を務めた代だ。

土岐たちの代で三冠を達成して以降、優勝候補と言われながらも春高だけでなくインターハイでも全国大会の頂点に立つことはなかった。佐藤たちが入学してきた時も、1年の時の春高は決勝で東福岡に、2年の時は3回戦で日南振徳に負けていた。下級生主体のチームだったので、コートに立つ3年生も佐藤とリベロの布台聖《しょう》しかいなかったこともあり、「絶対に最後の春高は勝ちたい」と目標に定めたと聞いた。

生徒たちの目標が決まったならば、あとはその目標を達成するためにどうやって進むか、道筋を立てるのが私の仕事だ。まず、生徒たちに宣言した。

「三冠じゃなく、春高優勝を目標にするならば、インターハイと国体は間に合わせないよ。

あくまで春高に照準を合わせて組んでいくけれど、本当にそれでいいな?」

繰り返し尋ねても、生徒たちは力強く「最後に勝てればいい。春高で勝ちたい」と揺らぐことはなかった。よしわかった、それならば、と春高に向けたプランを練る中、インターハイは準々決勝で松本国際に敗れた。敗因は明確だ。高さがない分、スピードと精度を誇る松本国際のバレースタイルに対応できていなかった。

春高の3月開催と1月開催の違いでも記したように、大きな大会はその時の完成度が高いチームが勝つ。特に今、「三冠」を目指す全チームにとって最初の関門となるインターハイは、高さやパワーで勝るよりも小さくてもバレーが上手で、精度の高いバレーボールを展開するチームが勝つチャンスは往々にしてある。優勝した東山に準決勝で敗れたが、磨き上げられた精度を武器とする松本国際は、その時点で駿台学園に勝利する力を十分に持っていた。

だが、焦りはなかった。現段階で「負けるかもしれない」ということが十分にわかっていたのに加え、現状でどれぐらいの差や違いがあるのかを把握しておきたかったからだ。

だからこそ、私はインターハイを終えた選手たちに言った。

「春高を優勝するために、松国を秋(の国体)には捕まえるよ」

国体は駿台学園としてではなく、東京は選抜チームとして出場するが、松本国際は単独で長野代表として出場した。ともに勝ち進んで準決勝へ進出したのは、東京と同様に選抜で愛工大名電と星城、大同大大同の選手が集まる愛知と、鎮西高が単独で出場している熊本。準決勝で対戦したのも、熊本だった。

組織で戦う駿台に対し、鎮西には大エースの舛本颯真選手がいる。春高でも優勝を狙うならば必ず倒さなければならない相手だということはわかっていたが、国体も同様かといえば違う。むしろ国体では、春高を100とするならば70〜80程度、いわば余力を残しておかなければ、国体を終えてから数か月しかない春高にピークを合わせるのは難しい。直前の練習試合で佐藤が捻挫したこともあり、第1セットを終えた時点で佐藤を下げ、春高に向けて対鎮西で試しておきたい策をすべて試した。その結果、試合は0対3で敗れたが、春高につながる課題を得られたことに加え、もう一方の山は愛知が勝ち上がり、3位決定戦で対戦するのは松本国際に決まった。

「ここで負けたら、春高の優勝はないよ」

選手たちに前もって伝え、臨んだ3位決定戦は3対0で勝利した。松本国際に勝つために何を果たさなければならないか。事前に打ち出した策を選手たちが遂行した。そうなれば、次なる目標は春高本番だ。

春高の決勝戦は国体で敗れた鎮西と対戦し、舛本選手の活躍で0対2と先行された。今だから言えることだが、実は鎮西と戦う前に国体で対戦した時から、舛本選手とマッチアップするオポジットの三宅雄大との相性が悪かった。三宅の攻撃力や技術が足りないというのではなく、舛本選手のブロックに対して完璧にハマってしまうのでスパイクが決まらない。ブロックでも舛本選手の攻撃に対して三宅がなかなか合わず、国体では完膚なきまでにやられた。

とはいえ、三宅も国体を経て成長を遂げた。春高で再戦する時にはもっとうまく対応できるのではないか、とスタメンで起用したが、やはり国体と同様に相性がよくない。大エースの舛本選手を完全に乗らせてしまえば勝機はない。2セットを連取され、後がない3セット目の途中から舛本選手が得意なスパイクコースのレシーブ力を固め、前衛では196センチの川野琢磨を当てる。この策が見事にハマり、0対2から3対2、フルセットの大逆転勝利を収め、生徒たちが掲げた「春高優勝」を成し遂げたのだった。

勢い勝負のチームに対して〝遊び〟はいらない

翌年、佐藤に代わり、春高でも優勝メンバーの1人である亀岡聖成が主将に就任したチームは、目標を「三冠」に掲げた。すでに春高を制覇しているだけでなく、亀岡を筆頭に中学でも全国優勝し、U18日本代表にも選出されるなど豊富なキャリアを持っている選手が揃っていた。前年とは異なり、「三冠」も現実的な目標に成し得る代だった。

ところが、である。

最初のインターハイは制したが、国体では高川学園を主体とする山口に準々決勝で敗れた。大会直前に2年生エースの川野が発熱し、当初のプランで戦えなかったことも一因ではあったが、高川学園は〝やりにくい〟相手でもあった。

高川学園を率いる有吉健二監督は選手主導のスタイルで、集まってくる生徒たちは中学時代からともにプレーした選手ばかり。さらに、自由自在にのびのびとプレーをする選手ばかりでもあるので、乗ってしまえば手がつけられない。もちろんそれも踏まえて事前の策を練って、用意した戦術で戦えば十分に勝機はあった。だが、試合の中で想像以上に相手の勢いが増せば、決まるはずの1本がブロックにかかったり、レシーブに引っかけられたりする。想定外の事態が重なれば重なるほど、こんなはずじゃない、と混乱する。

象徴的だったのが、2年生でセッターを務めた三宅綜大だった。決まるはずの攻撃が通らず、試合の中でどこに上げればいいかわからない。明らかに混乱している様子が見て取れた。そこで何でもないミスが生じれば、相手はさらに勢いづく。国体は、敗れるべくして敗れた試合だった。

私には焦りも迷いもなかったが、「三冠」を掲げた選手たちにとっては、その時点で大きな目標を失ったのも事実だ。最後の春高に向けてどう戦えばいいのか。悩む姿も目にしたが、あえて「こうしろ」とは言わない。立ち上がるきっかけは、選手自身でつかまないと得られないものであることがわかっていたからだ。

幸いなことに、国体で負けた2週間後に、12月の天皇杯出場をかけた関東ブロック予選が組まれていた。関東代表として出場するためには、格上のチームに勝たなければならないのだが、ここで大学生に連勝して出場権を手にした。

「高川には負けたけれど、やるべきことをやれば大学生相手にも勝てる」

再び自信を取り戻し、春高に向けてどう戦うか、方向性が完璧に定まった。春高優勝のために、最大のターゲットと目した高川学園との再戦は3回戦。想像以上に早い対戦となったが、次の試合のことなど考えず、この試合に120％、すべての力を注いだ結果1セットは落としたが、2セット目からは完璧なバレーを展開。2対1で逆転勝利を収めた後、準々決勝、準決勝、決勝はすべてストレート勝ちで前年に続く連覇を達成した。

三冠を目標にした選手たちは卒業したが、新たなチームになってもまた、高川学園とは対戦の機会がある。今夏（2024年）のインターハイでも準々決勝で対戦したが、その時は前年の国体で敗れた反省を糧に、とにかく確実に勝つべく〝遊び〟は一切なし。ボクシングにたとえるならばジャブで手数を増やすことなく、ここ、という場面を逃さず確実にストレートで仕留める。エサなど撒くことなく着実に仕留めるガチガチのバレーで、勝つことだけを念頭にして戦った。

もともと私は、いかに効率的に点を獲れるかということばかり考えてきた。言うならば真っ向勝負を好まず、フェイントを多用したり、相手の裏をかいて意表をついたりするようなバレーを求めてきた。そもそも勝利至上主義というべき発想とは程遠く、楽しく面白いバレーをして勝てたらいいと考えていた。だから、選手にもゲームの中で〝遊び〟を求め、本来ならここで点を獲るのがセオリーだとわかっていてもあえて外してきた。

しかし、勢いを武器とする高川学園のようなチームに対して〝遊び〟は不要。たとえ3~4点のリードを得ていても、徹底して点を獲れるべき場所から獲る。インターハイでは、196センチの川野に対して、高さで劣るセッターがマッチアップした。試合全体を見れば、最初から川野、川野と多用するのではなく、最後に川野で点を獲るために今はミドルを使いたい。むしろこんなに川野ばかり多用していたら、肝心な時にブロックチェンジされてしまうかもしれない、と考えて本来ならば他の攻撃をセレクトしたいと思う場面でも、あえてやらずに相手のウィークポイントからひたすら攻める。着実に点が獲れると判断した攻撃を選択し続けた。

もしも万が一、布石を打とうと繰り出した攻撃が相手に止められる、拾われる。その〝たった1点〟から一気に流れを変えられかねないと考えたからだ。相手がスイッチを入れる前に、入れさせる術を塞ぐ。その結果、相手のブレイク得点を1本も許さず、ノーミスで終えた試合は2対0で完勝を収めた。

結果だけ見れば、確かに近年は「勝っている」のは確かだ。だがその背景や、経緯をたどれば失敗がある。負けて何を学ぶか。次に向かってどう手を打つか。選手だけでなく、指導者にも試されているのだと、改めて実感している。

第2章

全国の名将を唸らせる〝知将〟への道のり

見学のつもりがビーバーズへ、強豪チームでバレーボール人生がスタート

指導者としての心構えや、大事にしていることを語る前に、そもそもなぜ私はバレーボールと出会ったのか。小学1年生から野球少年だった私のバレーボール人生の始まりは、5年生の時だ。もともとママさんバレーをしていた母の練習に、同年代の子どもたちと遊ぶのを目的についていく。決して特別ではなく、よくあるスタートだったが、当時から身長は160センチあり、身体つき自体も大きかった。

デカいだけで学校にいれば目立つし、やんちゃなヤツらからはちょっかいを出される。自分から手を出すことはなくても、売られたケンカは買う。私からすれば、手を出してきた相手を成敗したつもりでも、見る人からすれば身体の大きなほうがガキ大将に映るし、やられた相手は泣いている。当然、怒られるのは私のほうで、週に一度以上は親が謝りに行くのも日常茶飯事だった。

そんなに力が余っているなら、野球だけではなく他のスポーツもやらせてエネルギーを

発散させよう。親からすれば、最初は軽い気持ちで、自分も馴染みのあるバレーボールを、と考えたのだろう。向かった先は、たまたま母が所属するママさんバレーのチームの中に「息子がこのチームでやっているから」と名前が挙がった東金町ビーバーズ。当時の私は知る由もなかったが、全国優勝を何度も経験している小学生バレーボールの超名門チームだった。

いきなりスタートさせるのではなくまずは体験から、と促されて見学に行くことを決めると、その時点で母はシューズとサポーターを購入していた。いくら子どもでも、その時点で悟った。

これ、やらせる気、満々だな、と。

しかも、小学校から全国優勝を目標に掲げるチームだ。当然、練習は厳しい。練習は毎日あって、5年生の秋になっても週末だけは野球と掛け持ちをしていたが、自分たちの代を迎えてからは野球かバレーに専念したほうがいいとなり、私はバレーボールを選んだ。

振り返れば、校庭でフライングレシーブの練習もしたし、当時は水も自由に飲めない時代だった。そのうえ身長も小学生の頃は女子のほうが大きくて、バレーボールがうまい子も多かったので、男女で一緒に練習しながら、うまくできなければ監督からも女子からも叱られる。決して楽ではない環境だったのに、なぜバレーボールを選んだのか。時に理不尽とも思える環境も、私の性格には合っていたからだ。

加えて、幼い頃から周りを観察する能力に長けていた。いい意味でも悪い意味でも大人をよく見て、今日は機嫌がよさそうだとか、今日は機嫌が悪いからつまらないミスをしないように気をつけようとか、怒られないようにと怯えるのではなく観察する能力もさらに磨かれた。

全国制覇という目標は達成できなかったが、厳しい練習を重ねる中で基本技術も習得し、試合に出場する機会が増えれば、どうすれば点を獲りやすいか、感覚や感性も養われる。小学生の名門チームでバレーボールの基本を学んだ私に、今へとつながる土台が築かれたのは、中学時代のことだった。

分刻みの練習スケジュール、土台をつくった駒形中での3年間

小学生の強豪チームにいる選手たちは、中学も全国大会出場や全国制覇を目標に、学区

内だけでなくさまざまな学校へ集散する。私が中学に入るまで、東金町ビーバーズに所属した選手は近隣の金町中に入るのがいわゆるルートだった。

とはいえ公立中学には教員の異動もある。バレーボールに精通した指導者がいることもあれば、年代によってはバレーボールを専門としない先生が監督になることもある。「○○中にいい先生がいるらしいよ」と噂も流れ、皆が皆そのままこれまでの例にならって金町中に行くよりも、別の中学に行ったほうがいいのではないか、と考え始めた。さて私はどうするか、と考えていた時に駒形中から「うちに来て、バレー部に入らないか」と声がかかった。私に声をかけてくれたのは、現在は渕江中の監督を務めている日笠智之先生だ。

当時はまだ男子バレー部ができて間もなく、私たちは三期生。1学年、2学年上の先輩たちは中学からバレーボールを始めた選手ばかり。運動能力は高い選手が揃っていたが、お世辞にも「うまい」とは言い難い。私は、1年時からメンバーとして試合に出場する機会に恵まれた。

小学生の時のビーバーズと同様に、練習時間は長かった。平日は授業を終えてからだが、授業がない土日は朝8時から夕方5時まで1日練習で、その日に行うメニューはすべてホワイトボードに分刻みで書かれていた。数学の教諭で効率を重視する日笠先生ならではなのだが、ボール練習やトレーニングだけでなく、12時半昼食、13時練習再開といったように、1日の流れがすべてあらかじめ定められているのも特徴的だった。

言うまでもなく、練習は厳しい。しかも与えられたメニューがクリアできなければ、できるまで時間はかかるのであらかじめ定められたスケジュールが短縮されるのではなく、後ろ倒しになっていく。午前の練習が滞れば、それだけ昼休みの時間が削られて休み時間も減る。大変だったことは間違いないが、日笠先生が立てる練習メニューは「なぜこの練習が必要か」という理由が明確で、同じ動作をダラダラと繰り返すこともなくどれもが効率的だった。

たとえば、前衛のブロックからスタートして、ジャンプしたら次は相手のスパイクを想定してレシーブに下がり、インナーに放たれるボールをレシーブする。休む間もなく、そのまま後衛に下がり、バックレフトでスパイクをレシーブ。すぐに隣のポジションへ移動して、スパイクがブロックに当たったボールをバックセンターでレシーブし、最後にバックライトへ入ってフェイントボールか、ストレートの強打を拾う。この一連の流れを何周もするのだが、ただ来たボールを拾うだけでなく、このポジションにはこういうボールが飛んでくるからここで拾う、と目的もあらかじめ説明されているので、試合と練習がリンクする。休む間もなく動き続けるので身体はヘトヘトだったが、効率よく意味のある練習ができるので、毎日が充実していた。

日笠先生はバレーボールの指導に留まらず、とにかくエネルギッシュな人で、周りの人を巻き込んで1つのものを作り上げる力も抜群だった。文化祭での演劇発表でも、お遊びではなく真剣に取り組むので熱が溢れていて、見ている人が涙するぐらいのパワーを発する。とにかく熱い人だったが、バレーボールにおいては理不尽に怒ることはない。練習メニューと同様に、怒られる時もきちんと理由が存在した。

今思えば納得しかできず、実に恥ずかしい話だが、私は何度も日笠先生に怒られた。先生が怒る時はプレーや技術ではなく、人に対する態度が原因で、生意気な態度を取ったり、先輩に対して失礼なことをしたりすると叱られる。今でも忘れられない、当時を知る人からすれば「伝説」と笑われるのが、「コート1周半」事件だ。

その日の練習で、私は自分のプレーがうまくいかずにイライラしていた。負の連鎖は収まることなく膨らんで、練習中にボール拾いをしてくれていた先輩に対して、不機嫌なまま いい加減にボールを投げ返した。その態度を日笠先生は見逃さなかった。即座にボールを持って、コート1周半、フライングレシーブで飛ばされる。いくらバレーボールができるからといって、人に対する感謝も示さず調子に乗るな、ということなのだが、当時の幼い私には理解できない。なぜそこまでされなければならないのか、理由も納得できなくてただイライラして今度は思いきり壁を殴りつけると、さらに倍増して叱られた。指導者になった今、あの日の自分を振り返れば叱られても当然で、ずいぶんと調子に乗ったクソガキだった。

そのまま見過ごさず、悪いことは悪い、と叱ってくれた日笠先生がいなければ、私はとんでもないヤンキーになって、道を外していく問題児になっていたのではないだろうか。バレーボールの面白さにのめり込み、人としてやっていいこと、悪いことの基盤がつくられた中学の3年間は私にとってまさにベース、土台となる期間だったのは間違いない。

自主性を重んじられた高校時代

時に厳しく、でもバレーボールを学ぶという意味ではこれ以上ない環境の中で中学3年間を過ごし、私はどんどんバレーボールに夢中になった。筋金入りの負けず嫌いの性格も相まって、とにかく負けるのが嫌だから、次の試合で負けないためにはどんなフォーメーションで臨めばいいか。テスト用紙の裏に、解答よりも真剣に書き込んでいた。

どちらかといえば、オフェンスよりもディフェンスのほうが楽しくて、レシーブの時は「絶対に落とさない」という意識でどんなボールも最後まで追いかける。一方でオフェンスは疲れるのが嫌だから、いかにすれば楽に点が獲れるか。得意なコースにきれいな強打を打ってこの1点をもぎ獲ってやる、と考えるのではなく、フェイントやプッシュ、ブロックアウトで獲ったほうが効率的だからそれだけ練習すればいい、と考えるずる賢いタイプ。いい言い方をすれば省エネでもあったのだが、周りを見渡せば自分と同じ発想の選手などほぼいない。むしろディフェンス練習よりもオフェンス、特にスパイク練習を好む選手が多い中、極端に言えば私は「スパイクの単体練習はいらない」と思っていた。

相手より多く点を獲れば勝てる。それならば、いかに効率的に点を獲るか。たとえば自チームのサーブで相手のディフェンスを崩し、チャンスボールが返ってきたとする。その状況でどんな攻撃を仕掛けてくるかと考えれば、大半、10人いたら10人が「強打のダイレクトスパイクを打ってくるだろう」と構える中、強打に備えてコート後方で守るのを見ながら誰もいないスペースにフェイントを落とし、ニンマリする。私にとっては、そのほうがよほど快感だった。

　プレーだけでなく性格もひねくれていたせいか、負けるのが嫌だから勝つためにどうすればいいかを考えるのは好きだが、だからといって全国優勝したいとか、将来はバレーボール選手になりたいと考えたことはない。高校は兄がいる東亜学園に進学したが、その時も小学生の時にビーバーズでともにプレーしていた同級生が入ることがわかっていたので、2人で守ればどうにかなるだろう、と軽い気持ちで考えていたし、もしも高校、大学と本格的にバレーボールを続けるのならば、アタッカーではなく守備専門のリベロとしてプレーしたいと考えていた。

　当時の東亜学園は、現在と同様に東京を代表する学校であり、全国優勝の経験もある名門と呼ばれる強豪だ。おそらく多くの方々は厳しい練習をしているのだろう、と想像するかもしれないが、私の高校時代はとにかく自主性が求められた。そもそも監督の馬橋洋治先生が体調を崩して入院していた時期も重なったことや、監督である前に教員としての仕事もあり、練習の最初から最後まで常に体育館にいられるわけではない。コーチだった小磯靖紀先生も同様で、先生方から練習メニューが提示されるのではなく、日々のメニューは自分たちで考える。試合期には馬橋先生から「サーブレシーブを厚めに」と言われて、サーブレシーブをメインに据えることはあったが、どんな方法で行うかを決めるのは選手たちだ。その年の3年生が中心になって、どんな練習をするか、常に自分たちで考えて実践していた。

今思えば、それも恵まれた環境だった。なぜなら、言われたことをそのまま何も考えずにやるのではなく、中学時代の練習メニューをアレンジしたり、新たに考え出したりしてチャレンジする時間は楽しかったからだ。練習試合では東京だけに留まらず、埼玉の深谷高や宮城の東北高、千葉の市立船橋高など当時の強豪校と相まみえる機会があり、練習の成果を試す場もあった。自分たちで考えて動く。自主性を重んじてくれた高校時代は、私にとっては恵まれた時間だった。

教員志望から意外な進路へつながった大学時代

将来をどうするか。中学から高校へ進学する時以上に、自分の進路と直面するのが高校から大学に進む時ではないだろうか。バレーボールで生きていく、と考えれば関東一部や関西一部の強豪と呼ばれる大学に進み、競技者として腕を磨いて経験を求めるはずだ。しかし私の場合は、高校を卒業する時点ですでにその選択肢は消えていた。当時から、「将来は教員になりたい」と思っていたからだ。

とはいえ、バレーボールの指導者になりたいと思っていたわけではない。むしろ小学校から高校までに選手としてバレーボールはやりきったので、大学ではバレーボールを続けずに指定校推薦で専修大へ進もうと思っていた。実際に成績もそれなりに取れていたので、条件もクリアしていた。私自身は専修大に入って、教職課程を履修して、卒業後は社会科教諭になると決めていたのだが、思わぬ事態が生じた。東亜学園の同期は8人、その中に大学でもバレーボールを続けようとしている選手は私を含めて1人もいなかったのだ。

私の人生だけならばそれでもいい。だが学校、バレー部としてみれば、翌年以降もバレーボールを大学で続けたいという選手を1人でも多く希望する進路に入学させたい。そのためのパイプをつくることは不可欠で、東亜学園から誰も大学に進んでバレーボールをしないとなれば、大学の指導者だけでなく中学の指導者も、東亜に進んでも大学へ行けないのではないか、と選手を送り出すことを躊躇する可能性すらある。それは大問題、とばかりに馬橋先生からは指定校ではなくバレーボールを続ける進路に進むように、と促された。

実際にリベロとして来ないか、と声をかけてくれた大学がいくつかあった中、バレーボールよりも学生生活を楽しむ時間が増えるのではないか、と考えた18歳の私が選んだ進路は大東文化大だった。

当然ながら、大学での目的は「大学バレーで勝つ」ことでも「バレーに関連する進路へ進む」ことでもなく、教職課程を履修すること。私にとって教員はバレーボールの指導者とイコールではなかったし、もともと歴史や偉人から学ぶのを好み、社会科は得意で好きな科目だった。ごく自然に社会科教諭を志し、中学ではなく高校の教職課程を履修した。

教員志望の学生ならば、そこで教員採用試験を受けて公立高校の教員になるのが大半だ。しかし、私は公立高校の教員にはあまり魅力を感じられず、漠然と私立に進みたいと考えていた。そのためには、卒業した翌年の8月にある私立の適性検査を受けなければならない。12月の全日本インカレでバレーボール選手としてのキャリアを終え、卒業後は就職浪人をしながら8月の試験に向けて勉強を続ける日々を過ごした。

人生を変える電話が来たのは、まさにその適性検査を受けた当日の夜だった。

電話の主は、小学生の頃のビーバーズ総監督の浦野正さん。就職浪人の最中、思いつく限りの人に「私立で教員を募集しているところがあれば、声をかけてください」とお願いしていたので、てっきりその報せかと思っていたら、予想とはまるで違う言葉が飛び込んできた。

「女子バレーのNECがコーチを探しているから、明日1日、行ってこい」

すでに22歳、大人になっているとはいえ、バレーボールを始めて間もない頃の恩師の「行ってこい」を断る理由も勇気もない。言われるがまま、当時の体育館へ向かうと、まだ若いコーチが「こちらです」と丁寧に案内して、通してくれた。さすがトップリーグは違う。こんな若造に対しても、これほど丁寧な対応をしてくれるのか、と戸惑いながらも感心していたら、実は人違いだったらしい、と気づく。私が体育館を訪れたのと同じ日に、サプリメントを開発する製薬会社の方々も来訪予定だったらしい。タイミングが重なり、間違えて私を案内してくれたのは後にNECレッドロケッツで監督も務めた山田晃豊さん。勘違いに気づいてからは苦笑いを浮かべていたが、私が呼ばれたのは当時コーチを務めていた山田さんが間もなくイタリアへコーチ研修に進むこともあって、練習時にボールを打てるコーチを探していたからだ、ということを順次理解することができた。

私の前日には同じくコーチ候補として、真保綱一郎さんが呼ばれていた。イタリアやチェコでコーチングを学んでいた真保さんだが、女子の指導をするのは初めて。私にいたっては大学を卒業したばかりで教員志望の就職浪人。指導経験などあるはずもなかったが、練習が始まればボールを打つ場所や場面はいくらでもある。正面を向いた状態から選手の後ろにボールを飛ばすと、切り返しの時に膝へ負担がかかって前十字じん帯損傷のリスクもあるから打っちゃダメとか、女子選手ならではの身体的特徴も考慮するようにと念押しされたうえで、選手が求めるボールを打つ。それほど大変なことではなかったので、その日は言われるがままにボールを打ち続けていたら、帰り際に「明日も来てほしい」と言われ、次の日に行くとまた次の日、その次の日、とコーチ見習いの仕事が増え、アルバイトとして契約を結んだ後、翌年の4月からはコーチとして正式に入社する運びとなった。

〝一流〟の選手たちから得た学び

何も知らずに飛び込んだVリーグの世界。しかも、当時のNECは日本代表選手がズラリと並ぶ、スーパースター軍団だ。選手も経験や年齢で上下関係があり、スタッフも監督を筆頭にコーチ陣がいる。右も左もわからないとはまさにこのこと、と言うべき状況下に置かれたが、そんな場所で若造の自分に特別なことができるはずもない。

与えられた仕事は、レシーブ練習時にボールを打ったり、ゲーム形式では仮想相手となったりしてプレーすること。基本的にはほぼ毎日同じ作業を繰り返していたが、小学生の頃から磨かれた観察眼がここでも発揮された。何げない練習に取り組む姿勢を見るだけでも、一流選手は違う、と垣間見える場面が多くあったからだ。

たとえば、高橋みゆきさん。170センチとアタッカーとしては小柄ながら、日本代表でエース、キャプテンも務めた選手だ。技術もさることながら、自分の感覚と対話しながら突き詰めて練習する選手で、レシーブ練習の時にもただ打たれたボールを拾うのではなく「ドライブをかけてここに打って」「次はノー回転でこっちに打って」と細かく要求された。言われた通りの場所に打てば、何本か感覚を確かめながら拾い、自分の中でこれだ、とつかめれば別の練習に移行する。本物を求める人だったので、ゲーム形式でマッチアップする時も遠慮せずブロックアウトやティップを繰り出すと、「そういうのはいらない」と嫌がる人も少なくない中、高橋さん、コートネーム〝シンさん〟は常に駆け引きを楽しんでくれた。

練習は感覚を確認する場所、としていたシンさんとはまた違って、1本1本のレシーブ練習から試合を想定して動いていたのが成田郁久美さん。コートネーム〝イクさん〟はシンさんと同様に身長は高くないが、技術に長けていてアタッカーとしてもリベロとしてもオリンピックに出場した選手だ。サーブレシーブの練習時にも、ネットに当たって落ちるサーブ、ネットインサーブと呼ぶが、「来たボールをレシーブする」ことだけを考えている選手は、ネットインサーブには反応せず見送る。でもイクさんは当然ながら、試合になればネットインサーブがあることもわかっていたから、練習中から必ず反応してレシーブしていた。

レシーブだけでなく、攻撃面で言えば杉山祥子さん、〝スギさん〟も一流の選手だった。ミドルブロッカーの中でも繰り出す攻撃のスピードはダントツ。練習中から常に、どれだけスピードを高められるか、速さを求めながらも、なおかつさまざまなコースに打てるための入り方や打点を1本1本確認しながら打つ。得意なコースに気持ちよく打てばいいという選手もいる中で、自分が欲しいタイミングや高さを明確に伝えてくれる選手だったので、コンビ練習をすれば求めた通りに上げると完璧なタイミングで打ってくれる。そのうえで「次はもっとこうしたい」「これもできるんじゃないか」と話をしてくれるので、単純に見えるコンビ練習も私とスギさんの間ではどんどん発展していった。

一流から学べ、とはよく言ったものだが、まさにその通り。ただし勘違いしてはいけないのが、見ているだけ、真似しているだけでは得るものはないということ。今この人は何を求めて練習しているのか。どこにこだわっているのか。その細部や深部まで観なければ真髄はわからない。◯◯さんが練習しているから私も、と意図もなく取り組む練習ならばやらないほうがいい。

日本代表で活躍しているから、意識が高かったのか。意識が高いから、日本代表なのか。おそらくどちらも正解だが、世界で戦う選手たちの姿を間近で見ることができる。若かりし日の私には、それだけでも今振り返れば紛れもない財産だ。

Vリーグで「アナリスト」へ

コーチの端くれとしてボールを打つ。だが入社してしばらく経つと、私に新たな仕事が加わった。きっかけは「データバレー」というソフトだ。もともとバレーボールは、試合前に相手がどんな攻撃をしてくることが多いか、どんな傾向があるかを分析する。ただ、それを以前は録画した試合映像を見返しながら手作業で行っていたのだが、イタリア発祥の「データバレー」の存在によって、一気に進化した。

何が変わったのか。わかりやすく記すと、データバレーを使用する前は、録画した映像をダビングして同じローテーションごとに編集して整理する。何度も何度も巻き戻したり早送りしたりしなければならないので手間暇がかかるし、そもそもまず映像を撮るために自分たちの試合会場以外にも人を送り込まなければならなかった。インターネットが普及してからは、いくつかのチームと協力し合って担当を決め、この週はこのチームがここで映像を撮る、こっちは別のチーム、と映像を共有し始めた。映像のシェアは今でも行われているが、データバレーによって大きく変わったのは、リアルタイムですべてのプレーのデータが入力され、反映されることだ。

どのローテーションで誰がサーブを打ち、どのコースに飛んで誰が取ったのか。右か、左か。その返球はどの位置に返ってセッターがどこでトスを上げ、どれだけの選手がどんな攻撃に入ろうとしている中で、誰がスパイクを打ったのか。決まったのだとしたら、どのコースで、決まらなかったとしたら誰が拾ったのか。ブロックには当たったのか。プレーを映像で見たら数十秒で終わるターンの中で、そのすべてをリアルタイムで入力する。

今でこそ、アナリストという職業の認知は広がり、SVリーグなら各チームにアナリストはいるし、大学、高校でもアナリストを希望して専門とする生徒、学生もいる。試合を見ながら平然と打ち込む姿を見るのも珍しいことではないが、当時はそもそもアナリストという役割がチームにはなかった。それどころかデータバレーもまだ日本に取り入れられたばかりで、教えてくれる人もいない。毎日の練習を終えた後に、試合の映像を見ながら必死で打ち込みの練習をしていたが、慣れるまではわけもわからずとにかく難しい。

一緒に練習していたコーチからは、しばらく経つと「大介、俺には無理だからあとは頼んだ」と言われたが、購入してきたスタッフには冗談交じりで「このソフトは高かったから、練習して絶対活かせるようにしろよ」と言われていたし、投げ出すわけにはいかない。シーズンインして、毎週末に試合が行われるようになると、とにかく寝る暇もないほど大変だった。

Vリーグの試合は、基本的には土日が連戦。全国各地で行われるので、ホームでの試合以外は遠征が基本だ。試合に向けて前日には会場練習が行われるため、その週の木曜には移動するが、アナリストとして休めるのはその日だけ。金曜になれば土日の試合に向けてコーチとしてボールを打つ傍ら、試合になれば目の前で行われる試合を見ながらデータを打ち込む。日曜の試合が終わって帰れば、次週の試合に向けて水曜に行われるミーティングまでに、データを資料として揃えなければならない。寝るどころか家に帰る時間もなく、月曜と火曜は体育館に泊まってひたすら映像を見返して、データを整理する。

収集するデータの量は何しろ膨大なので、そのまま渡しても渡されるほうからすれば何が要点なのかが伝わらない。監督からは「1枚の紙に収めて、ポイントをまとめてほしい」と言われていたので、1から6まですべてのローテーションごとに、ここではどのコースにサーブが打たれることが多く、ブロッカーはどこに跳ぶのかを示す。自チームのサーブから始まる時と、サーブをレシーブしてからでは状況も違うので、それぞれを分析しなければならず、なおかつ見る人にとってわかりやすくまとめる。当時寝る暇も削って培われたスキルは、後に駿台学園の監督となってからも活かされていて、今でも試合前に選手たちへ渡すデータは当時のやり方をベースにしている。

もちろん試合だけに限らない。Vリーグではシーズンを終えた時の最終順位や最終成績から、そのシーズンで勝ったチームにはどんな傾向があり、負けたチームとは何が大きな差になっていたのかを明らかにする。個人やチームの技術を数字でわかりやすく示して勝因と敗因を分析し、選手たちにフィードバックして次につなげるのも大切な確認作業だ。

Vリーグから高校教諭へ、最初のスタートは女子バレーボール部

ＮＥＣでは８シーズンを過ごし、優勝も経験した。世界と戦う選手を相手にトップレベルで経験を重ねられるのは貴重だったが、その先の人生を考えるといつまでもコーチのままではいられない。そもそも、トップカテゴリーでスタッフとして働くことが目標だったわけではなく、教員を志望していた。何かきっかけがあればとＮＥＣで培った人脈を活かし、さまざまな学校の練習見学にも足を運ぶ中、東亜学園のＯＢから「コーチを探している」と言われて八王子実践女子バレーボール部のコーチに就任。監督の菊間崇祠先生のもと、勝利への執念を学び、教員への道が拓けたのは２０１３年。男子も女子もバレーボール部のコーチを探していたこともあり、駿台学園の社会科の教諭として採用され、最初は女子バレー部のコーチに就任した。

男子と女子、同じバレーボールとはいえ、高校のカテゴリーで比べれば指導環境もやっているバレー自体も大きく異なる。

厳しい言い方だが、男子の監督という視点だけでなく、1人の指導者として見た時、高校女子の選手たちは基本動作ができていない選手も少なくない。たとえばオーバーハンドパスを1つとってもそう。筋力がないから飛ばせない、と言う人もいるが、そもそも身体をどう動かせばボールが飛ぶか、という基本がわかっていないし、教えられてもいない。

指導者と選手の関係を見ていても、監督に言われることが絶対で意見することなどできず、言われたままにやるだけ、という選手が多いのではないか。自分からああしたい、こうしたいと積極的に動く選手も少なく、「もっとこうすればいいのではないか」と提案しても「無理だ」と最初から決めつけてしまいがちだ。

加えて、当時の駿台学園女子バレー部は「強くなりたい」「うまくなりたい」というよりも「楽しめればいい」という風潮だった。それではまともな練習になるはずがないし、厳しくすればすぐに来なくなる。向き不向きの問題かもしれないが、結論から言えば当時の私は女子の指導に向いていなかった。「無理です」と匙を投げ、教員として教壇に立ちながら、時折舞い込むVリーグチームからの誘いに心惹かれていたが、翌年の春からは男子を見てくれないか、と話が急転する。母校の東亜学園とライバル関係にはなるが、「やってほしい」と言われて断る理由もない。男子バレーボール部の指導者として、本格的なスタートを切ることになった。

飛び込み電話からつながった練習試合

男子の指導者としてスタートした2014年、まず大きな問題に直面した。練習試合をしてくれる相手が見つからなかった。

最初の最初、就任直後は、まず自分という人間を選手たちにも知ってもらわなければならないし、どんなバレーをやろうとしているのか、1からではなく0から伝え、理解してもらう必要があった。そのため、練習試合ではなく練習のための合宿を行い、体力づくりからバレーボールの考え方の基礎をミーティングで確認する。データの見方や活用方法を伝えるには絶好の機会でもあったが、練習の成果を披露して確認するのは試合でなければできない。東京という地の利を活かし、関東の大学に練習試合をしてもらうこともあったが、大学生もリーグ戦やインカレなど、大会が近づけば高校生を相手に戦ってばかりもいられない。

さぁどうするか。

前任の先生が監督時には、練習試合をするグループがあったが、監督が代われればその関係性も1から築かなければならない。それならば、いっそのことこれまでは接点がなかった監督、チームと練習試合をすることができる機会になるのではないかと考え、どのチームから学びたいか、最初に思い浮かべたのが愛工大名電高だった。

チームを率いる北川祐介先生は、Vリーグの豊田合成（現・ウルフドッグス名古屋）でプレーし、ブロックのスペシャリストとして活躍した元選手だ。ディフェンスといえばレシーブ、と想像するかもしれないが、レシーブするために不可欠なのはブロックで、日本が課題とするのもブロック。男子の指導をするうえで、私もブロックを学びたいと思っただけではなく、何よりも北川先生がどんなことを考え、どんな指導をしているのかが知りたかった。

とはいえ、高校男子バレーの世界に飛び込んだばかりで、何のツテもないし連絡先もわからない。意を決して学校の代表電話に連絡すると、北川先生につながった。

「駿台学園の梅川です。突然すみません。○月○日に練習試合をしていただけませんか？」

突然の連絡にも関わらず、北川先生は丁寧に対応してくれた。ただ、この日と提案した日はすでに埋まっていて、練習試合の実現はかなわなかった。仕方ない、と諦めていたらそれから少し経った頃、今度は北川先生から電話が来た。

「○月○日に洛南でゲームをするから、一緒に来ない？」

二つ返事で「行きます」と答えた。北川先生だけでなく洛南高の細田哲也先生も新参者を受け入れてくれて、そこから全国の強豪校へと縁がつながっていく。中には電話をして名乗ると、最初は決して好意的には思われていないと感じることもあったが、丁寧にお願いすると「いいよ、じゃあおいで」と受け入れてくれた。大阪の清風高の山口誠先生も同様で、元Vリーグで活躍、日本代表にも選ばれたセッターでありながら気さくな人で、バレーボールに対する熱量、情熱も尋常ではない。Vリーグでスタッフとして経験を積んできた私を面白がって、むしろ「これ、どう思う？」とバレーボール談義に花を咲かせることもできた。

同じ関東では、慶応湘南藤沢高の山下裕之先生にも助けられた。もともと鹿児島県の出身で、神奈川の教員として弥栄高では全国大会にも出場した人だ。バレーボールの指導に対して熱心で信頼できる先生であるだけでなく、自分も苦労したからと積極的に受け入れてくれたことに今でも感謝しているし、駿台学園の体育館が使用できない時には練習場所としても受け入れてくれる。本当にありがたい存在だ。

さまざまな先生方につないでもらい、いろいろな縁がつながり、全国大会に出場して勝てるようにもなった。監督になったばかりの頃に助けてくれた人たちへの感謝は一生忘れないし、大げさではなく足を向けて寝られない人たちだと思っている。

最近では駿台学園に「練習試合をしてほしい」と電話してくる方もいる。中には全国大会出場を目指しているけれど届かず、「駿台のAチームではなくていいので、Bチームのほうで練習試合の相手をしてもらえませんか？」と言う監督もいる。もしも他の試合や練習試合が入ってしまっている時は、致し方なくお断りすることもあるが、そうでない時はすべて極力受けるようにしている。

なぜなら自分にもその経験があるので、自分のことなど明らかに知られてもいないというところへ突然電話をするのに、どれほどの勇気が必要なのかもわかっているからだ。関係がつながった中には、この日しかないけれど大丈夫ですか？　と伝えると、「行きます！」と新幹線でわざわざ1日の練習試合のためだけに来てくれた学校もある。

指導者として経験を重ね、年齢も40歳を超え、自分よりも年下の監督も増えた。やられて嫌だったことはしない。でも、やってもらって嬉しかったこと、ありがたかったことは還元したい。一生懸命に情熱を持って取り組んでいる監督には、私ができることであればいくらでも分け合いたいし、練習試合も受け入れていきたいと思っている。

鎮西高校から与えられる「刺激」と持ち続ける「尊敬」の心

ありがたいことに、今では練習試合のスケジュールもほぼ埋まり、全国各地で受け入れてくださる監督も多い。

とはいえ振り返れば、やはり最初の一歩を踏み出す時に緊張したのは九州勢だ。関東とはバレーボールのスタイルが異なり、スピードや精度の高いコンビバレーを武器とするチームも多く、どのチームも運動量が豊富で細かい技術にも長けている。指導する監督さんたちも経験豊富で、全国を制覇していたり、Vリーグや日本代表へ選手を送り出したり、レジェンドと言うべき指導者ばかり。名前を聞くだけで「名門」と呼ばれるチームが勢揃いしているが、関東から九州は物理的にも距離があり、そう簡単に練習試合ができるわけではない。初めて顔を合わせるのが全国大会で、関東や東北地方など東日本のスタンダードなスタイルとは異なるバレーボールに面食らうことも多い。

第1章でも書いたように、私が指導者となって最初にスカウトをしたのは2014年に入学した土岐大陽《ひかり》たちの代だ。中学時代に全国制覇を成し遂げた彼らは、高校に入ってきた時点から「このメンバーで日本一になりたい」と望んでいた。それならば、その目標を達成するために必要なピースを揃え、隙間を埋めていかなければならない。そう考えた時、九州の強豪校に練習試合をお願いするのは不可欠な要素だと考えた。

監督になって間もない頃に愛知の北川先生へ電話した時と同様に、まず連絡したのは長崎の大村工業。現在は、同校OBで現役時代は日本代表のセッターとして北京五輪にも出場した朝長孝介先生が監督を務めるが、当時は前任で2012年の春高制覇も成し遂げた伊藤孝浩先生が監督だった。

学校の代表電話に連絡をして、伊藤先生につながる。突然の電話に驚きながらも、伊藤先生は練習試合を快く受け入れてくれた。そして実際に練習試合をすると、想像以上に学ぶことしかない。もっと九州の学校とも練習試合をして、監督たちと話す機会が欲しいと思い、それからは鹿児島商業など、九州の学校に練習試合を申し込み、日程は極力近づけるようにして、最初は長崎に飛んでそこから佐賀で高速バスに乗り換えて鹿児島に行き、格安飛行機で成田空港に帰る、といった強行スケジュールも組んだ。

優勝候補と言われながら、プレッシャーに潰されることなく本来の力を発揮して土岐たちの代が三冠を達成できたのは、九州での練習試合を経験できていたことも大きい。以前から九州のチーム同士が集まって、練習試合をして情報交換、共有するという話を聞くたびに心底うらやましかった。各校異なるバレースタイルに触れられるのももちろんだが、情熱に溢れて積極的に学ぼうとする先生方が揃っているからだ。

2015年に三冠を達成した、東福岡高の藤元聡一先生もそう。すでに全国制覇を成し遂げ、Vリーグや日本代表にも数多くの選手を送り出している。選手が変われば違うバレーを展開し、対戦相手によっても変化するだけでなく、勝負事や学ぶことに対しても貪欲だ。間違いなく「名将」と呼ばれる立場であるにも関わらず、自分よりも年下の世代が全国大会で勝つようになれば、その世代がどんなことを考え、どんなバレーボールをしているかを学び、それに合わせて変化する。自分も年齢を重ねた今になれば、若い世代に対してアンテナを張り続け、変化を厭わないことのすごさが改めてわかる。

どこを見てもお手本だらけで、尊敬すべき指導者ばかりだが、その中でも一番とも言うべき、私だけでなくおそらく全国大会を戦うすべての指導者が尊敬し、指針であり続ける存在が、鎮西高の畑野久雄先生だ。

監督歴は実に50年。全国優勝や送り出した選手の多さに関しては、私が書かずとも周知の通り。紛れもない強豪校であり続けることもさることながら、高校バレーボール界において鎮西といえば「ＴＨＥエース」と言うべき選手を輩出するチーム。唯一無二のチームであり、率いる畑野先生はその象徴とも言える存在だ。

全国大会に出場すれば、どんな時でも「鎮西」の名を見れば意識する。優勝候補と言われる年でも、そうではなくても、常に鎮西は鎮西。そう言わしめ、思わせる魅力がある。全国大会で顔を合わせればもちろん挨拶をするし、少々の会話をすることはあるが、もっと知るためにも練習試合をしてみたい、と思い続けていた。とはいえ、監督になってすぐお願いできるほど、私も図々しいわけではない。尊敬する相手だからこそ、そこに見合うチームにならなければダメだと思っていたし、勝ち負けではなくやるべきことをしっかりやって、畑野先生に認められるチームになって練習試合をお願いしたい、と思っていたので、三冠から２年後の２０１９年に初めて練習試合を申し込んで実現した。

今だから白状するが、最初は緊張した。何を話せばいいのか、と言葉も選んだ。だが練習試合が始まれば、私が見ていても「このミスはダメだな」と思うミスに対して畑野先生は叱責する。その姿に、鎮西だから強いのではなく、あれだけの成績を残し、あれだけの選手を輩出する理由があると見せつけられた。

できることならば、この先自分がどんな場所にいても指導者である以上、この人に認められたい。認められ続けたい。畑野先生はそう思わせる力のある人だ。

年齢や地位、立場は変わっても、変わってはいけないものがある。学生時代も今も、教えてくれる人がいる私は本当に幸せだ。

第3章

選手やチームを「視る」ポイント

勝利至上主義ではなく
将来を見据えるからこそ「ポジションフリー」で

これまでの章でも繰り返し書いてきたが、私は典型的な負けず嫌いだ。だがそれはあくまで私個人の問題であって、自分が勝ちたいので勝つための努力はもちろんするが、そのために選手たちを犠牲にしようとは思わない。

むしろ正直に言えば、ここで勝つことよりも選手たちには巣立っていくそれぞれの場所で目標を叶えてほしいと願っているし、望む限り長く続けてほしい。そのための手伝い、土台づくりができればと思っている。

選手も指導者も、目標はそれぞれ。何を差し置いても勝ちたい、一番になりたい、という人もいるだろう。それも決して悪いことではないが、もしも指導者が「勝つこと」しか考えていなかったら、同じ発想を持たない選手にとっては苦しい。「うまくなりたい」と思うよりも、毎日の練習をこなすことに必死で、3年間を終えたら「もう十分」と燃え尽きて、バレーボールを辞めてしまうかもしれない。それは本当にもったいない。繰り返すようだが、私は駿台学園を卒業する選手たちには、できる限り長くバレーを続けてほしいと思っているし、それはトップカテゴリーに限らない。クラブチームでも、指導者としてでも、好きなバレーボールに携わっている教え子が多くいればいるほど嬉しい。

だからこそ、というわけではないが、日々指導をするうえで念頭に置くのは「勝つため」のバレーボールではなく、これからにつながるバレーボール。選手をスカウトする際に伝えるのは1つだけ。

「バレーボールを学んでください」

そして、こう付け加える。

「うちにはポジションがないし、こだわりもない。君がこれからどう成長するかは未知数で、もしかしたら身長が伸びるかもしれないし、伸びないかもしれない。だけど、もし身長が伸びずにVリーグへ行きたい、と思ったとしても、ディフェンスができれば武器になるかもしれないし、トスだって上げられたほうが可能性は広がるんじゃないか」

駿台学園の監督に就任して10年目を迎えているが、今もその考えに変わりはない。そして、スカウトするために調子よく口上を述べているわけではなく、ポジションを固定しなければならないという概念もない。もちろん、セッターやミドルブロッカーなど固定されていくこともあるが、だからといってそのポジションの練習だけをするわけではない。日々の練習では常に全員が同じく、何でもできるように練習している。そのほうが選手としての幅も広がると思っているからだ。

試合の中でのポジションチェンジも当たり前

初めて春高を制覇した2017年、現在の駿台学園でコーチを務める土岐大陽《ひかり》たちの代で臨んだ決勝戦。同じ東京の東亜学園と対戦した。1セット目を20対25で先取された。決勝は5セットマッチ。たとえ2セットを取られても十分逆転は可能とはいえ、0対2から追い上げるのは相当な労力を要する。流れを変えるべく、そこでセッター対角のオポジットの村山豪をミドルブロッカーに、それまでミドルに入っていた伊藤洸貴《ひろき》をオポジットに入れ替えた。

流れを変えるのはもちろんだが、相手とのマッチアップも考えての交代であり、この策が奏功した。さらに、調子が上がらなかった主将でアウトサイドヒッターの坂下純也に代えて投入した2年生の小出捺暉《なつき》の起用も当たり、5点差を引っくり返すと、第3、4セットも連取して初の春高優勝を成し遂げた。

直後の取材で、記者の方からは「試合の中であれほど大胆なポジションチェンジをするなんて」と驚かれたが、選手たちは平然としていた。むしろ「なんでそんなことを聞かれるのか」と思っていたかもしれない。なぜなら普段からごく当たり前に、さまざまなポジションを経験しているからだ。

試合の中では、ミドルブロッカーでもトスをする場面があるし、レシーブもしなければならない。「やっていないからできません」は通用しない世界だ。詳しい練習方法や目的に関しては第6章で触れているが、試合で生じるさまざまなシチュエーションでどう対応するか。チームとしての戦い方はもちろんだが、戦術を遂行するためには個々の技術もなければならない。普段の練習からポジションフリーでやってきているので、選手からすれば「当たり前」なのだが、確かに全国大会で試合中に選手のポジションを変えるチームはほぼない。それどころか、どんな相手であろうとスタートのローテーションやメンバーを変えないチームも多い。

第1セットに関しては、お互いがまっさらな状態でスタートするので、相手の策にはめられてしまえば落とすこともある。そうなれば私は次のセットで、メンバーやポジションを変える。私だけでなくチームとしても当たり前なのだが、相手チームの様子を見ていると「なんでこの選手が違う位置に入っているんだ」と面食らって、第1セットとは全く違う有利な展開に持ち込めることも少なくない。

三冠を成し遂げた春高に関わらず、その時々の状況を見ながら随時変化も厭わない。そしてメンバー表を見せて「次はこれで行くから」と伝えれば、できる選手が揃っている。そう書くと、「ほら、やっぱり選手がいるからできることなんだ」と思われるかもしれないが、そうではない。普段から、どんな状況にも対応できるように、ポジションという概念にこだわらず練習を重ねてきた選手が揃っている、という意味に他ならない。

チームとしての戦い方を固め、選手の将来を見据えてポジションを固定するのも悪いことではない。だが、ローテーションやポジションにこだわりすぎると、ゲームの中で変化することができない。たとえば、ずっと同じ選手に同じコースへ決められているのに、試合前に決めた作戦はこうだから、とブロックは逆のコースに跳び続ける。それでは決められるのも当然なのだが、その変化すらできないチーム、選手、指導者が意外に多い。

その差は何か。

何を求められても対応できる「土台」ができているか、できていないかの違いではないだろうか。

高校から大学、さらにその先へと進めばいつかポジションは固定されるかもしれないし、オールマイティーからスペシャリストへの変化が求められる時もやってくる。だがその時に、どれだけできることがあるか、引き出しがあるかというのは選手として武器になるはずだ。どんなポジションでもできることがあればあるほど、試合に出る機会も増えて将来につながるチャンスにもなるだろう。

大きくて下手は誉め言葉。大きな選手は大きく伸ばす

監督になって選手を初めてスカウトしたのは、就任初年度の2014年。土岐たちが中学3年の時だったが、「スカウトした」とはいえ彼らの大半は駿台学園中で、大森二中から駿台学園高に進学してきた本澤凌斗、吉田裕亮も含め、中学3年時に東京選抜として優勝したメンバーたちだ。こちらが「駿台学園に来てほしい」と勧誘する前に、自分たちで

「駿台へ行って日本一になろう」と決めて進学してきた選手たちだった。

では初めて自ら声をかけ、スカウトした選手は誰かと問われると、思い浮かぶ選手が1人いる。早稲田大からSVリーグの東京グレートベアーズに進んだミドルブロッカーの伊藤吏玖《りく》だ。

三冠を遂げた土岐たちの代と入れ替わりで入学してきた伊藤は、幼少期から身長が高かったそうだが、バレーボールを本格的に始めたのは中学校に入ってから。東京出身の選手ではあるが、駿台学園中のように全国出場、全国優勝を目指して練習する学校ではなく、都大会でもなかなか勝ち進めずにいた調布第四中の出身選手だ。

全国大会に出る、出ないを問わず、常にどんな選手がいるかアンテナは張っているが、中でも最も関心があるのは「デカい」選手。単純に身長が高く、身体の大きな選手がいたら獲りに行くし、周囲からも「大きい子がいるよ」と情報も入ってくる。伊藤もまさにそうで、中学3年の夏に声をかけると、練習体験に来た。バレーボールの技術や動きはまだまだ、むしろ言葉を選ばずに言えば下手クソな選手だったが、それまで教えられずに来ているのだから当たり前だ。この子を伸ばすことができたら、どれほどの選手になるのか。広がる可能性を想像すれば楽しみしかなかった。

さっそく「駿台でやらないか」と勧誘したが、伊藤の返事は前向きではなかった。聞けば、他の学校からも声をかけられていて、練習着などの物資提供を受けていたこともあり、「練習に参加して、駿台でやってみたいけれどあっちに行かなきゃいけないから」と言う。大人になれば受けた恩を返すのは大事なことだが、子どもが進路を選択する時に余分な要素に縛られる必要はない。きちんと自分の思いを説明して、やりたいと思うところでやればいいと伝えると、家族とも話して「やっぱり駿台でやりたい」と答えた。まだ自分に力が備わっていないとはいえ、このレベルでバレーをしたら楽しいのではないか、と思えたことが入学を決めた理由だったそうだ。

入学してきた段階で、190センチを超えている。ポジションフリーとはいえ、デカい選手がいればまず考えるのは、将来ミドルブロッカーとして戦える選手に育てること。デカければデカいほどいいと思っている。

理由は明確。バレーボールという競技が、大きな選手により有利な、実に理不尽な競技だからだ。どれほどうまくても、小さければブロックで対峙して上から打たれる。その悔しさに直面してきた選手は数えきれないほどいる中、デカいというだけで1つの武器になる。だから、私は大きな選手を獲りに行って育てるし、時間をかけてでも育てる。小さい選手から見れば「俺のほうがうまいのに、なんであんな下手クソがデカいというだけで使われるんだ」と面白くないことは重々承知しているが、デカいという武器を備えた選手を育てなければ、日本のバレーボール界に未来はない。

極論を言えば、バレーボール経験がゼロだったとしても、デカければ獲る。実際に吹奏楽部で193センチ、という選手がいれば声をかけるし、今年の1年生で192センチの選手もいるが、彼は中学までソフトテニス部だった。

3年間で勝つことだけを優先すれば、デカいだけで下手な選手を使い続けるのは辛抱できないかもしれない。最初は将来も見据えて我慢しようと思っても、耐えきれずに試合で起用することを諦めてしまう指導者もいる。

もちろん、大きいから何でもOKということではない。大きい選手の「大きさ」という武器を磨くのは指導者に与えられた役割だ。デカいけれど、今までバレーボールの経験がないから技術がない。デカいけれど、今までスポーツをしていないので跳べない。当然だ。むしろ何もなければないほど、これから正しい知識や練習、トレーニングが加わればいくらだって伸びる可能性がある。

デカいだけで何もできない、とぼやく前に、何もできないからできるようにする。それこそが指導者の楽しみでもあるはずだ。

セッターに求めるのは「パス力」

日々の練習はポジションフリー、とはいえミドルブロッカーに「デカさ」を求めるように、それぞれのポジションごとに見れば、当然その特性ゆえに求めるものもある。

ミドルブロッカー、アウトサイドヒッター、リベロ、オポジット。バレーボールにはさまざまなポジションがあるが、その中で最も多くボールに触れるポジションがセッター。「司令塔」と言われるようにゲームメイクも求められるポジションであり、チームの「頭脳」にもたとえられる重要な役割を担う。

では、そのポジションで何を求めるか。一番は、身体能力だ。

バレーボールは必ずサーブから始まる。打たれたサーブをレシーブし、2本目をトスにして、スパイクにつなげる。1本目のレシーブがピタリと返ってくれば動かずにトスを上げられるが、サーブの重要性が上がり、今はピタリとサーブレシーブを返すことのほうが難しい。乱れた返球をスパイクにつなげるべく、走り回ってトスにするのもセッターに求められる重要な役割で、そのためには走るのも速くなければならない。エース級の能力、といえば語弊があるかもしれないが、日本代表でも活躍する関田誠大選手のように、抜群のバレーボールセンスと技術に加え、優れた身体能力も求められるポジションでもある。

技術の面でいえば、セッターに求めるのは何といってもパス力があるかどうか。コートの右奥から左前、斜めに飛ばせるパス力がある選手は、それだけでセッターとしてのセンスがある。これまでの選手でいえば、2017年に三冠を遂げた際のセッターで、現在はSVリーグのヴォレアス北海道に所属する本澤凌斗はパス力に長けたセッターだった。

本澤の代には同じセッターに望月祐《たすく》がいて、望月はトスを上げる時に少し手の中に入れる、バレー用語で「持つ」タイプのセッターだったが、両サイドへ高さを活かしたトスや離れた位置からのトスを得意とする本澤に対し、望月の長所が活きるトスワークがあった。三冠を達成した春高の決勝でも、望月が出ればコンビの組み方が変わり、チームとしての厚みも増した。どちらも異なる長所で特徴ではあるが、それでもなぜ「パス力」を求めるのか。高校年代までならばパス力がなくても通用するが、さらに上のカテゴリーに行くとかなり厳しい。

理由は明確だ。中学生や高校生の頃には相手が打ってくるサーブやスパイクも、そこまで圧倒的な威力はないので、レシーブしたボールも回転がかからず、どちらかといえばふわっとした軌道と質のボールが飛んでくる。いわゆるチャンスボールをトスにするならばどんなセッターでもできるが、打球の勢いが増せば話は変わる。レシーブしたボールも打球の勢いを殺せるわけではなく、回転しながら飛んでくるボールをいかに打ちやすく、スパイカーにつなげるか。その時に飛ばせる力がなければボールの勢いに負けてしまう。そうなれば、セッターから近いニアサイドか、アンダーハンドでトスをするしかなく、相手からすれば次の攻撃に簡単に対応できる。

高校で勝つだけ、中学で勝つだけならば小手先の技術でもいい。だが上を見据えて育てるならば、パス力は不可欠だ。

育てる、という面でいえば、理想としては毎年セッターを変えるのではなく、この選手をセッターとして育てようと思う場合は、1年ではなく最低2年かかると私は考えている。たとえば、現在（2024年）のチームでセッターを務めるのは三宅綜大。彼は2年生で全国制覇も経験している選手だ。

なぜ、2年生を起用するのか。

経験がセッターの武器になるという前提に加え、2年生から試合に出ていれば、チームとしてどんな戦い方をするべきかを熟知した3年生が、コートの中でセッターを育ててくれる。そうすれば、そのセッターが3年生になった時に今度は1、2年生のアタッカーを育てるべく、自分のリズムや得意な場所だけに上げるトスではなく、下級生が打ちやすいトスを上げよう、と意識が変わり、そこで育てられたアタッカーがまた次にセッターを育てる。このように、いい循環が生まれていく。

もちろん1年生から出ているから、2年生から出続けているからといって、そのセッターが絶対に最後までコートに立ち続けるかといえばそうではない。3年生になって伸びる選手もいて、競争が激化すればチームのレベルも上がる。いずれにせよセッターを見る際に不可欠なのは、今だけではなくその選手自身、そしてチームの将来も含め、長い目で育てることが重要だと考えている。

主役ではなく「黒子」になれるのがいいセッター

セッターに求める能力と技量。

では人間性はどうか。私が求めるのは「献身性」だ。

スパイカーとは異なり、セッターは自ら点を獲るわけではなく〝獲らせる〟ポジションだ。そのためには、いかにスパイカーを気持ちよく、乗らせることができるか。その作業において、自分が「主役」になる必要はない。

スパイカーそれぞれの性格や傾向を観察して、ここはトスを上げないとモチベーションが落ちるタイプなのか、この点差で上げてもベターではないタイプなのか、試合中だけでなく日頃の練習から観察して、スパイカー心理を理解する。逆に気を遣いすぎて、上げたトスをいちいち謝ったり、優しすぎたりしてもダメ。野球でたとえるならばキャッチャーと同じで、チームにとっては扇の要となる存在でもある。象徴的なのは、女子バレー日本代表でロンドン五輪の銅メダルを獲得した際のセッター、竹下佳江さんではないだろうか。

竹下さんの現役時代を報じられる時、強さや厳しさが前面に出されていたが、性格がきついのかといえばそうではない。求めるレベルが高いからこそ、この場面はここに入ってほしい、こう打ってほしい、という要求があり、自分もスパイカーの要求に応えるべく誰よりも走り回って努力する。自分にも周りにも厳しくできる、まさにチームの要と言える選手だった。

日々スパイカーと信頼関係を築き、どの場面で上げればいいかを熟知したうえで、ゲームをどう組み立てるか。また、セッターにはトスワークも求められる。日本代表クラスになれば、その駆け引きも見どころの1つではあるが、高校生の頃からそこまで完璧にできるセッターはそうそう出てくるわけではない。むしろ私は、高校生のうちはまだ求めなくてもいいと思っている。

実際に試合では、データに基づいて事前のミーティングで対策を立てることに加え、試合中にもセッターへ「この場面ではこの攻撃を使う」とサインを出している。そのサインに対してトスを上げ、決まったか、決まらなかったか。そのトス自体がよかったか、悪かったか。なぜこれを使って、この選択をしなかったのか。試合を終えてから、セッターの選手と一緒に試合の映像を見返しながら細かく確認して話し合う。最初から「自由にしていいよ」と野放しにするのではなく、最初のベースをある程度教えた状態で試合をして、最後に答え合わせとも言うべきその作業を積み重ねていくことで、選手の中で自分が組み立てるトスワークの基本や基準ができあがれば十分だと考えている。

とはいえ、言われたことを言われたままに、考えもせず上げているだけでは通用しないし、次にもつながらない。こちらの出すサインで上げるが、ラリー中にいちいち確認する余裕はない。まさに今、どこへ上げるかを判断するためには、ラリー中も相手ブロックがどこについているのかを見て、どの攻撃をセレクトすれば決まるかを考えなければならない。頭の回転の早さも必要で、6つあるローテーションが一巡し、二巡目になった時にこのローテーションではどの攻撃をして、決まったか、決まらなかったかということも頭に入れたうえで、次の攻撃を選択する。大事なところで決めさせるための布石も打っておかなければならない。

実に難しいポジションではあるが、3年生になる頃にはほとんどのセッターがこちらから細かく言わなくても、理由を理解している。普段から多く話をする機会を設けているのはもちろんだが、会話できる選手でなければセッターは務まらない。試合中もタイムアウトを取る際、必ずセッターと話し、どの攻撃をセレクトするかを確認する。

「どうする？　どこで決める？」

そう問うと、言葉に詰まることはない。

「〇〇をミドルに入れて、レフトの速いトスで勝負します」

それでＯＫ。いや違う。こちらも短い言葉で意思の疎通を図る。セッターだけでなく、監督にもコミュニケーション力が求められているのは言うまでもない。

どんな形でも「点を獲る」のがエースの仕事

エースとはどんな選手か。

高校バレーボールに携わる人たちに聞けば、おそらく大半、9割近くが答えるのは「鎮西の3番を背負う選手」。第2章でも触れたが、鎮西は高校バレー界で唯一無二と言える、THEエースを生み出し、育てることができるチームだ。

春高でも取材時に、何度もこの話をしてきた。そのせいか、こんなことを聞かれた。

「梅川先生は、エースをつくらないいんですか?」

私は即答した。

「僕はつくろうとしないし、つくらない。でも、その前につくれないいんです」

鎮西の3番に象徴される、THEエースとはどんな選手か。野球のピッチャーにたとえるならば、150キロどころか160キロに挑戦する速球派のピッチャーではないだろうか。少したとえは悪いかもしれないが、じゃんけんをするならば、パーを出した相手に勝つのはチョキだとわかっていても、グーで打ち破れ、と求められ、その期待に応え続けてきた選手が多くの人たちの記憶に残る「エース」と呼ばれる存在であるはずだ。

だから私にはつくれない。なぜか。私にとってエースとは、たとえ１６０キロの直球を投げられないにしても、必ずバッターを打ち取れるピッチャーだから。球種は１２０キロのストレートと90キロのカーブでもいい。打ち取ることが目的である以上、そこに速さは関係ない。バレーボールにたとえても全く同じで、会場中をうならせるような強烈なスパイクではなく、フェイントでもプッシュでもブロックアウトでも何でもいい。とにかく点を獲ってくれる選手が私の求めるエースなので、世間一般が思い描くエース像からはかけ離れていることを自認している。

実際に駿台学園で監督になってからの10年を振り返っても、勝っている時こそ周りが想像するようないわゆる「エース」という選手がいないことのほうが多い。むしろミドルブロッカーに攻撃力を求めるのがチームカラーでもあるので、さかのぼれば三冠時の村山豪、２０２０年に決勝で東山に敗れるも準優勝したチームでは伊藤、金田晃太朗、２０２３、24年を連覇した際の秋本悠月。ミドルが強い年は勝っていることが多く、鎮西のエースとして浮かぶ宮浦健人選手や水町泰杜選手、舛本颯真選手のような大エースはいない。先発完投型ではなく継投してつなぐ、それが駿台学園の「エース」なのかもしれない。

じゃんけんでパーを出している相手をグーで打ち破る選手は、私にはつくれない。だが、相手がパーを出すと素早く察知して、チョキを出して確実に勝てる選手たちはいる。そもそも、バレーボールの醍醐味である駆け引きを磨くべく、練習中からセッターが1本目をレシーブした後、2本目を上げる選手はただハイセットを上げるのではなく、クイックを上げたり、あえてセッターに戻したり、彼らのベースには〝遊び〟もある。それもまた、カッコよく決める1本よりも、着実に取れる1本を習得するための彼らなりの技術だ。

繰り返すようだが、駿台学園にTHEエースはいないし、つくれない。それでも勝てるバレーを追求することに、私は楽しさを感じている。

「聞いてくる」選手は伸びる

高校の3年間で完璧な土台をつくる。その過程で、同時に成長を遂げていく選手には特徴がある。その1つが、貪欲に「聞いてくる」ことができる選手だ。

たとえば、現在はSVリーグのジェイテクトSTINGSに所属し、日本代表にも選出されたミドルブロッカーの村山。攻撃力の高さを評価されている選手だが、駿台学園中で全国制覇を経て、高校に入学した当初はずいぶんとちゃらんぽらんな選手だった。

レシーブ練習をメインとするディフェンス練習や、複合練習を繰り返すのは高校生にとってかなりハードだ。それでもやればやるだけ伸びるし、理由がわかればその厳しさも必要だと理解する。だが入学間もない1年生の頃は、あまりの厳しさに音を上げる選手もいて、村山はその代表格とも言うべき選手だった。

練習中、基本的には私がボールを打ち、時間になれば選手が次々に代わって入る。そこで入ってくるはずの村山がいない。あいつ、サボってるな、と思うと案の定、体育館の裏から抜けて外で休んでいたのだが「外を走ってきました」と言わんばかりの涼しい顔で戻ってくる。その図太さも彼の魅力ではあるのだが、能力がある選手なのにサボり癖が抜けなければ伸びるものも伸びない。根は真面目な選手であることもわかっていたので、どうすれば一生懸命取り組むようになるか、どんなきっかけを与えればいいか、と思案していたところ、村山にとっての転機は初めて出場した1年時の春高だった。

初戦となった2回戦、大分の別府鶴見丘との試合で勝利はしたものの、ミドルブロッカーで出場した村山は1点も獲れなかった。駿台学園の攻撃はミドルがベースである中、その中心となるポジションで1点も獲れないというのは記憶をたどってもそうそうない。翌日の3回戦で大阪代表の大塚高に敗れたことも相まって、大会を終えた後の村山は劇的に変わった。以前ならすぐ抜け出していた練習時も、必死でボールに食らいつく姿が見られるようになったのだ。

私にとっては、まさに待っていた瞬間だ。いくらこちらがやらせようとしても、選手が「やらされている」と思ううちは限界値に達するのは早い。だが自ら「やる」と決意した時に選手は伸びるし、劇的に変わるきっかけにもなり得る。さらに翌年、優勝候補の一角に上げられる中で迎えた春高では、準決勝で鎮西に敗れた。その敗戦もまた、村山を成長させる糧になった。

「先生、これどう思いますか?」

事あるごとに、村山は訊ねてきた。ブロックの跳ぶ位置や、スパイクに入る際のアプローチ。自分はこれがベストだと思うけれど、うまくいかないのはなぜなのか。映像もよく見て、それでも理解できないことを直接聞いてくる。そうなれば、こちらももちろん質問の数だけ答えを用意して応じる。互いに話して、練習にフィードバックして、また違うと思えば村山が聞きに来る。何げないことのように思われるかもしれないが、選手が成長していくのはまさしくそんな瞬間だ。

3年生になってから出場した全国大会では、すべてのプレーに理由と確信を持って最後まで堂々とプレーし続けた村山は、見事に三冠を達成した。そして、当時のチームには村山だけでなく、わからないことは「どうすればいいですか?」と聞いてくる選手が他にも何人もいた。それに、あのチームが特別だったわけではなく、むしろ今では試合中も選手のほうから「今の選択で正しかったですよね?」とばかりにベンチを見てくることもしょっちゅうだ。

試合中にベンチの監督を見る。失敗した後に「怒られるかな」と探るのではなく、「これでいいでしょ?」と見てくる選手が多ければ多いほど、自立したチーム、と言えるのではないだろうか。

監督も選手も目線は同じ

聞いてくる選手は伸びる。

それは確かだが、聞きやすい状況をつくるのが監督の仕事でもある。そのために、というわけではないが、私は普段から選手たちと話す機会も多く、特に3年生とはよく話す。チームとしてどうすべきかを共有するために、会話の機会が自然に多くなるのは確かだが、あえて「もう君たちは大人だから、組織の中心であることをわかっているよね」とわからせようとする意図もある。

高校生の視点で見れば、監督は下手をすれば両親よりも年上かもしれない。特に1年生にとっては、つい最近まで中学生だったのにいきなり大人と対等に話せ、と言っても無理がある。そもそも何を話したらいいかと迷うだろうし、「これ持っていってくれる?」と声をかけただけでビクっとする選手だっている。それも当然といえば当然だ。

だが、だからといって、大人と話せないまま高校を卒業してほしくはない。他校の選手、特に女子選手を見ていると、監督と選手の関係がまるで王様と家来のように、言われたことに対して「ハイ！」と返事をするしか許されていないのではないだろうかと錯覚することもあるが、それでは高校を卒業してから次の進路に進んでも、周りの人と円滑なコミュニケーションを取れるようになるとは思えない。

大人と子ども、年齢は違うが同じバレーボール部でともに過ごす間柄だ。むやみに威張り散らす必要はないし、選手よりも長く生きている私たちが、彼ら、彼女たちのわからないことを教えてあげるのは当然の役割でもある。だからこそ、私は極力選手たちが必要以上に構えることがないよう、日常の会話は冗談も交えてフラットに。

２０２０年に新型コロナウイルスが大流行して以降、選手の体調管理もアプリなどを利用して報告させているので、選手と直接やり取りをする機会も多い。中には23時頃になって「夜分遅くにすいません」とＬＩＮＥで連絡してくる選手もいるが、そもそも何時までに報告しろ、と義務を与えているわけではないから何時でも構わない。「夜分遅くに」と言えるだけよしとしよう、と前向きに捉えている。

バレーボール部の監督だけでなく教員でもある以上、時には会議や授業の関係で練習に遅れることもある。そんな時には選手の中で代表、主にキャプテンが連絡をしてくるが、その手段もLINEを活用している。私が練習に遅れる時は、あらかじめその日の練習メニューを伝えるが、その時も試合期で疲労を考慮した際などには「ウェイトにするかボールにするか、自分たちで考えて報告して」と伝えれば「今日はウェイトにします」と送られてくる。

「コートが空いているので自主練します」

「バスケ部が来たので、今日の練習終わります」

その後も随時報告が送られてくるので、こちらの返答も「お疲れさまー」とか「ごはん食べた?」とか簡単なものばかり。監督の威厳などいらない。円滑なコミュニケーションを取れる環境をつくることのほうがよほど大切で、何より私自身もチームをつくるうえで楽であることこのうえない。

求めるのはきれいな五角形ではなく、いびつでも飛び抜けた長所

全国大会で勝てるようになると、周囲の人たちから聞かれることも増える。多いのは、

どんな練習をしているのか、何に重きを置くのか、といったところだが、選手やスカウトについて訊ねられることもある。

「梅川先生は、どんな選手をスカウトするんですか？」

前述の通り、まず目が行くのは大きい選手。言い方は悪いかもしれないが、デカければデカいほど興味がある、というのは確かだが、身長だけでなくたとえば選手1人1人を見た時に、中学生の段階である程度完成された選手もいれば、まだまだ伸びるだろう、と感じる選手もいる。その時の状況や次のチームを考えた時に、どんな選手がいるといいかということを踏まえてスカウトするのは前提だが、誰彼かまわず「うちに来てくれ」と声をかけることはない。

とはいえ、その世代を見渡してもこの選手がダントツだ、と思う選手もいる。たとえば鎮西から早稲田大、現在はウルフドッグス名古屋に在籍しながら、夏はビーチバレーボール選手として二刀流に挑戦する水町泰杜選手は、その代表格だ。同じ世代に、日本代表でも活躍する髙橋藍選手がいるが、正直に言えば中学時代の彼はノーマークだった。あれほどの選手になるとは思いもしなかった。東山高で才能が開花するきっかけを得て、早い段階で海外に渡ったことが彼の成長を劇的に伸ばしたのは確かだ。

では、どんな選手に「伸びる」素質を感じるか。

私の場合、求めるのは何か1つ、突き抜けた特徴があるかどうか、ということだ。

たとえば、プレー全般はぎこちないけれど、とにかく跳ぶ。ボールさばきは上手ではないけれど、スパイクを打つ時にボールをしっかり叩ける。それだけでいい。むしろアベレージ型のすべてに長けた選手よりも、突出した1つの長所を持つ選手のほうが魅力的で面白い。選手としての評価を5段階で表した時に、オール5の選手はいらない。むしろその中に1がある選手のほうが、それだけ伸びしろがあって面白い。

五角形のチャートで示すならば、きれいな丸になるよりも、いびつでも何かが突出した選手。へこんだ部分はこれから伸ばしていけばいいし、突出している部分はさらに飛び出していけばいい。その特徴こそが、これからの世界で戦う武器になるはずだ。

オールマイティーゆえに悩んだキャプテン

2023、24年の春高で連覇した昨年（2023年度）は、近年の駿台学園の中では稀なチームだった。

なぜか。

年間を通して、一度もキャプテンが変わらずに終えたからだ。

そもそもどんな選手がキャプテンになるか、ということは後述するが、昨年度の駿台学園でキャプテンを務めたのは亀岡聖成《せな》。卒業後は筑波大に進学し、入学直後の春季リーグからレギュラーとして出場する姿を見ると、頑張っているな、と嬉しくなるが、高校時代、特に最後の1年はずいぶん悩む姿を見てきた。いや、悩ませた、というほうが正しいか。

真面目で優等生。小学生の頃から始めたバレーボールが大好きで、1日中練習していいよ、と言えば本当に練習するタイプの選手だ。ボールさばきも上手で、技術も長けている。特にレシーブ力に秀でていて、駿台学園ではアウトサイドヒッターとして活躍したが、U18日本代表では守備専門のリベロとして選出され、亀岡自身も将来は「リベロとして日本代表でも活躍する選手になりたい」と目標を掲げている。

レシーブという武器は確かにあるが、ダントツに突出しているか、といえばそれこそ守備専門のリベロとしてプレーする選手たち、現在の駿台学園でキャプテンを務める谷本悦司を筆頭に、守備力に長けた選手は他にもいる。亀岡の器用さ、何をやってもできるオールマイティーさは、おそらくどのチームに行っても重んじられるのは間違いないが、オール5より1があってもいいし、むしろその1を魅力とする駿台学園の中では、尖ったものがない。そのことを亀岡自身も理解して、悩んでいた。

選手の立場で見れば、実に酷な話だと思う。なぜなら、すべてのプレーをソツなくこなす。それだけでも立派な才能なのに、荒々しくても突出した何かを持った選手に置き換えられてしまうのだ。嫌気が差すこともあったはずだ。

だが、それでも亀岡は腐らずに、映像を見返して自分のプレーを追求する選手だった。苦しい時は副キャプテンの鵜沼明良に相談しながら、やんちゃで個性だらけのチームをうまくまとめていた。

プレーの器用さもさることながら、亀岡が持つ最大の長所は観察眼と観察力に長けていること。どこで会ってもすぐに見つけて近寄ってくる。私だけでなく、他校の監督さんや、馴染みの記者に対しても、どれだけ人が多い場所でもすぐに見つけて挨拶に来る、と好意的な声ばかり聞いていた。

彼の観察力、察知能力は練習中から常に発揮されていた。練習の合間に、体育館のフロアから上の通路に乗ってしまったボールを、私が取りに行くこともある。たまたま空いたタイミングなので深い意味はないのだが、せっかくボールを上まで取りに来たのだから、フロアに監督がいない、と気が緩んでいる選手がいれば上からボールを軽くぶつけるぐらいのいたずらはしたい。亀岡と同学年のアウトサイドヒッターの荒井貴穂《ひで》などはまさにその典型例で、上から落とせばほぼぶつかり「いてー」と照れ笑いをしながら上を見るが、隙あり、と狙っても亀岡には絶対に当たらない。そもそも彼は、私が上に行った時点で「監督が上に行ったからボールを落としてくるだろう」と察知していたからだ。

当てられないまま卒業してしまったことは実に残念だが、これからも守備力とともに、その観察力と察知能力も伸ばし続けてほしいものだ。

「キャプテン」を選ぶのは選手たち

その年のキャプテンを誰にするか。春高を終えて、新チームがスタートする時点で決めるのは選手たち、3年生が決めている。全員で話し合いをして、この選手がいいのではないか、と選んだ選手を報告に来る。そこで私が納得すれば、新キャプテンの誕生。いや、その選手じゃないほうがいいのではないか、と異論を唱えればまた話し合って、選手と監督が納得するキャプテンを毎年選び、選出されたキャプテンが副キャプテンを選ぶ。

そもそも各学年には、連絡をする際や、何かあった時の学年の責任者となる「代表」となる選手が決められている。たいていは、代表に選ばれた選手が3年生になった時にキャプテンに選出されることが多いが、もちろん絶対ではないし、1年の時に代表でも2年になったら変わることもあるし、3年でキャプテンになってからも途中で交代することも往々にしてある。

象徴的だったのが、その年の目標を「三冠」ではなく「春高優勝」と掲げてきた代だ。チームがスタートした時にキャプテンとして選出されたのは、チームのエースでもあったアウトサイドヒッターの佐藤遥斗だったが、リーダーシップに欠けると判断されて、リベロの布台聖《しょう》に交代した。コート内でも統率力のある布台はチームを引っ張るリーダーではあったが、自分に厳しいだけでなく周りにも厳しい。特にエースの佐藤が消極的なプレーをした時には容赦がなく、このままでは佐藤が潰れてしまうかもしれない、と見かねた選手たちがキャプテンを交代しようと話し合い、紆余曲折を経てキャプテンを務めたのがセッターの吉田竜也。第1章でも触れたように、Aチームのリザーブではなく Bチームから上がってきた選手だった。

この代だけが特別なのではなく、途中でキャプテン交代を言い渡された選手は他の代にもいくらでもいる。たとえば、三冠を成し遂げた際のチームもそう。キャプテンは全国優勝した中学時代と同じく坂下純也が務めたが、佐藤と同じく強いリーダーシップを持つ選手ではない。自分の調子が悪い時には落ち込みがちで、叱責されると浮上するのに時間がかかる。自分のプレーでもこれだけ浮き沈みがあるのに、キャプテンという立場も加わるとさらに落ち込みかねない。これは交代させたほうがいいのではないか、と副キャプテンの土岐と本澤に相談すると、2人はきっぱりと否定した。

「先生、純也のままで行かせてください」

ちゃんと理由もあった。

「もしもここでキャプテンを代えたら、それこそ純也は落ちるからキャプテンのままでい続けさせてください。おかしい時は僕らが言うし、むしろ先生に怒られると純也が落ち込むから、あんまり言わないでください。その分は、僕らがやるので」

口だけではなく、まさにその通り。ここは、という場面で私が言う前に土岐と本澤が叱責する。これは私が出るまでもないな、と納得した。結果的に坂下はそのまま最後まで主将を務め、優勝した春高ではMVPにも選出された。坂下の名前が呼ばれ、スタンドからは大きな拍手が送られたが、表彰に並ぶ選手たちが笑いながら茶化していたのを今でもよく覚えている。

「純也じゃなくて、真のMVPは（土岐）大陽《ひかり》だろ」

今年（2024年）のチームはリベロの谷本がキャプテンで、副キャプテンはセッターの三宅綜大と、アウトサイドヒッターでエースの川野琢磨。3人ともアンダーカテゴリー日本代表や高校選抜の合宿に選出される選手なので、全員が不在の可能性もあり、大丈夫か？　と確認したが、笑いながらこう答えた。

「どうなるか知りません。でも大丈夫です」

優しさが先行しすぎてしまう谷本を代えたほうがいいのではないか、と考えたこともあるが、亀岡に続いてキャプテンのまま、おそらく春高を迎えることになるはずだ。

駿台学園を「象徴する選手」はリベロ

駿台学園といえばこの選手。そう問われたら、誰の名を挙げるだろうか。日本代表選手でいえば、ミドルの村山と1つ下の代で同じジェイテクトSTINGSでキャプテンも務める髙橋和幸。SVリーグに在籍する選手も増えてきたし、関東一部リーグで活躍する選手も多くいる。近年のほうがより記憶が鮮やかだと考えれば、2023、24年に連覇したチームの亀岡や秋本の名を挙げる人も多いのではないだろうか。

これが鎮西だったら、きっとTHEエースの宮浦選手や水町選手、舛本選手の名前が挙がり、誰もが「確かに」と納得する。だが、駿台学園の象徴とはどんな選手か。そう考えた時、私の中で浮かぶのはリベロだ。

守備専門とされるリベロだが、レシーブ力やコート内を統率できるリーダーシップも求められるだけでなく、攻守の中での切り返しのスピードや、ボールを追いかける速さ、身体能力も必須条件だ。振り返れば髙橋だけでなく、布台や現在のチームでキャプテンを務める谷本、さまざまな選手が思い浮かぶし、卒業後は中央大、順天堂大、日大、日体大、早稲田大とそれぞれ異なる関東一部リーグのチームに進んでいるのも面白い。間違いなく言えるのは、彼らには常に一流のリベロであることを求めてきたし、その期待に応えてきてくれた選手たちばかりだ。

その中でも、最も強烈だったのが土岐大陽《ひかり》。

私が監督となってからの10年間、バレーボールを教える中で誰よりも「勝ちたい」と欲を持って毎日を過ごし、プレーしてきたのが土岐だ。彼には圧倒的な〝飢え〟があった。

中学で全国制覇を成し遂げ、高校でも日本一を目指しながらも1年の春高でくるぶしを骨折し、半年間バレーボールができなかった。無理せず治さなければならない中でも、できる限りのリハビリを必死で行い、復帰してからも負けると悔しさを露わにする。彼の母親に聞いた話によると、試合で負けて帰ってきた日の夜は、部屋にバリケードをつくって閉じこもったり、気合を入れるためにと風呂から上がったら自分で髪を刈り、坊主頭で出てきたりしたこともあったそうだ。

バレーボールができない期間があったからこそ、バレーボールができる喜びを前面に打ち出し、自分にも周りにも厳しく接する。高校生で、あれほどまでに嫌われるのを覚悟して周りに対してもガンガン言える、行動できる選手はいない。むしろ私のほうが「それぐらいにしておけ」と止めることもあったぐらい、勝利に対する欲求を持ち続けていた。

どれほどの技術や経験値があっても、強烈な乾きや飢えを持たない選手には何を与えても沁み込まない。

私は指導者として、こうなりたい、うまくなりたい、という思いを前面に出してくる選手たちの欲求に応えたいし、そうするのが私の仕事だと思っている。その考えの原点を築いてくれたのは、間違いなく土岐の存在抜きには語れない。現在は働きながら、週末や試合時にコーチとしてチームの指導に関わっている。今、これからの選手にも土岐から多くのことを学び取ってほしいと願っている。

第4章

データの活用

駿台学園の「データバレー」とは

前職がNECのアナリストだったこともあり、駿台学園といえばデータバレー、と言われることも多い。確かにデータを活用しているし、どのチームよりも多くの情報を選手に適切にフィードバックして試合に活かし、結果へとつなげている。その自信はある。だが、データバレーといえば駿台、と言われるほど特別なことではなく、現代のバレーボールを語るうえで、もはやデータをいかに使うか、というのは不可欠であると考えている。

私の現役時代と比べれば、ルールもバレーボール自体も異なっているのであまり参考にはならないが、それでもデータはあった。もちろん今のように、パソコンでソフトを用いてデータを打ち込むといった高度なものではない。1枚の紙にローテーションを書き込んで、このローテーションではどこから誰が攻撃してくることが多いか。しかもどのコースに打たれる傾向があるのか、といったことをすべて手書きの線で記入していた。

第2章でも触れたように、データバレーが日本でも導入され、SVリーグのチームや日本代表では各チームに数名のアナリストがいる。集めた膨大なデータを整理、分析し、必要な情報が選手たちにフィードバックされている。トップカテゴリーのみならず、今では大学や高校でも当たり前になり、同じソフトや用語を使うようになった。

小さなことに思われるかもしれないが、非常に大切なことだと私は思う。なぜなら、高校でデータや用語について理解していれば、大学やアンダーカテゴリー日本代表、さらにシニアの日本代表に選出された時に戸惑うことがないからだ。

たとえば、監督からこう指示が出された、と想像してほしい。

「S1の時はサーブをゾーン5から5と6の間に打つように」

言い換えると、セッターがサーブを打つローテーションの時は、ネットを正面にして左側から対角線上にサーブを打つ、ということを言い表している。だが「S1」や「ゾーン5」が理解できなければ、何を言われているのかさっぱりわからないはずだ。今の駿台学園の選手たちにこの言葉を伝えれば、全員が全員何をすべきか理解するし、おそらくその意図も理解する。

だが、私が監督に就任した頃はどうだったかと言えば、今とはかけ離れていた。「S1」もわかっていなかったし、そもそも「S」が何かもわからない。どのローテーションから始まろうと最初のローテーションを「ローテ1」と呼んでいる状態だった。

その状態から、いかに落とし込んでいったのか。私はまず、映像とコートを6分割にした図を見せた。

「セッターが今、どの位置にいるかわかる?」

「最初にサーブを打ちました」

「そう。ここで言う〝S1〟の〝S〟はセッターのことを指すから、セッターがサーブを打つローテーションはS1と覚えて。じゃないと、俺が言う言葉を理解できないと思うし、会話ができないよ」

バレーボールはサーブを打つ順番も変わり、そのたびにローテーションが動く。背が低い選手が並ぶローテーションもあれば、反対に背の高い選手が並ぶローテーションもあり、その時々で長所や短所が生じ、戦い方も変わる。自チームだけでなく、相手チームも同様だ。いかに相手の弱いところから攻めるか。また、自チームの弱いところをカバーして相手に点を獲らせないか、という対策を練る際に、いちいち「◯◯がサーブのローテーションでは」と話していたら説明が長くなってしまう。

そのために、より端的に全員が共通理解をするために、共通の用語を使用する。駿台のデータバレーはそこからスタートした。

勝つために求めるのは「スパイク効果率」

日本代表の試合がテレビ中継される際、勝利したチームで活躍した選手を称える時に、アナウンサーが言うのを耳にしたことがないだろうか。

「今日の◯◯選手のスパイク決定率は60%です！」

そう聞けば、すごいな、そんなに決めているのかと思うはずだ。簡単に言えば10本打って6本決まっているのだから、確かにプラスの働きではある。だが、実はこの数字は声を張り上げて言うほど重要ではない。むしろ試合の勝敗を左右する、もっと大事な数字は「スパイク効果率」だ。

決定率と効果率。似て非なる言葉は何が違うのか。計算式にして見てみよう。

スパイク決定率 ＝ スパイク決定本数÷スパイク数

スパイク効果率 ＝（スパイク得点－スパイク失点）÷スパイク数

つまり、大事なのは10本打って決まった6本だけでなく、決まらなかった4本。たとえば、その4本は打って決まらなかったけれど、相手にレシーブされたものなのか。それともミスをしたのか。ブロックされたのか。相手にレシーブされてラリーが続いていた場合は失点にならないが、ミスをしたりブロックされていたりしたならば相手に得点が入るので、自チームの目線で見れば失点になる。

そのため、10本中の4本が相手に拾われたのならば、失点は0なのでマイナス0。だが、4本がすべてミスだったとすればマイナス4。効果率の計算に当てはめると前者は6得点で失点0なので、（6－0）÷10で効果率は60％。だが後者の場合、6本決まっているけれど4本ミスをしているので（6－4）÷10なので、効果率は20％。スパイク決定率だけを見ると同じ「60％」だが、効果率では大きく差が生じているのがわかるだろうか。

これがもしも10本打って6本決まっているのではなく、反対に10本打って4本しか決まらず、しかも残りの6本はすべてミスだった場合はどうなるか。（4－6）÷10で効果率はマイナス20％になってしまう。

単純に考えて、効果率がプラスであれば勝利に貢献しているが、マイナスならば足を引っ張っていると捉えられても間違いではない。つまり、この効果率でどれだけ相手を上回れるかによって、勝敗を分ける差が生じることになる。第2章で記述したNEC時代に、セットごとの数字を整理したところ、相手をスパイク効果率で上回れば93％の確率でそのセットを取れる、という結果が導き出されていた。

勝つためには絶対に必要な数字である「スパイク効果率」が何か。それがわかっているか、わかっていないか、というだけでプレーの選択も変わる。もしも理解していなかったら、相手のブロックが目の前に3枚いる状況でも、「今日は俺のスパイクが決まっているから」と無理に勝負してブロックされて失点を喫するかもしれない。だが、そこで失点をすれば効果率が下がるとわかっていたら、無理に勝負して相手に得点されるのではなく、ブロックに当ててもう一度チャンスボールにするリバウンドを取るのがファーストチョイスになる。

今でこそ、駿台学園の選手たちもこの数字やデータの意味を理解してプレーしているが、就任当初は決してそうではなかった。だからこそわかりやすく伝わるように、1つ1つの数字の意味を丁寧に説明して、理解させる。遠回りのように思われるかもしれないが、ただデータを集めるだけではなく、データを活かして勝負に勝つためには必要不可欠な作業だった。

数字の話が出たので、少し余談だが、高校バレーの現場では未だに「相手に勝つためにはサーブレシーブを返せ」と言う指導者も少なくない。だが実際はというと、サーブレシーブが返ったか否かを示す「Aパス率」。セッターの定位置に返るパスを「Aパス」と表すが、Aパス率が上回ったチームがそのセットを取る確率は56%。つまり、勝ち負けの確率を50／50で考えると、サーブレシーブが上回っても勝つ可能性は6%の差しかない。

私は効率を考えるので、迷わずスパイク効果率を上げるための方法を考えるし、練習をする。数字を知るということは、指導者にとっても非常に重要な学ぶべきものであるのは言うまでもないはずだ。

データを凌駕するエースに立ち向かうには

これまでの試合を振り返った時、データがハマらなかったという試合はほぼない。事前のデータから導き出した戦術は完璧で、その通りに戦うことができればほぼ100%に近い数字で勝つことができる。

特に相手のサーブをレシーブしてから、自チームが攻撃する「サイドアウト」の局面はよりコントロールしやすい。たとえばSVリーグのチームや、大学生、格上と言われる相手に対してでも、サーブで崩されることさえなければ、ほぼほぼ得点をすることは可能だ。むしろ差が出るのは、自チームのサーブから始まるラリーを制する「ブレイク」が取れるか否か。

2023年12月、春高を1か月後に控えた時期に、駿台学園は関東ブロック代表として天皇杯に出場した。初戦は高知工科大に勝利し、2回戦はSVリーグのウルフドッグス名古屋。外国人選手だけではなく、日本人選手も力があるチームだということは重々承知していたが、サイドアウトを確実に取り続けて20点まで勝負できたら、そこでブレイクを取れれば1セットは取れるかもしれないと算段を立てていた。

相手にブレイクされるケースを減らすには、とにかくサーブで直接失点をしないこと。無理にセッターへ返そうとする必要はないから、とにかく上に上げてつなげるようにと徹底したら、敗れはしたもののこちらからすれば互角以上の戦いができて、春高へとつながる自信も得られた。

単純に数字だけで考えれば、たとえ10％と9％だったとしても相手より上回ればそれだけ勝機も上がる。そのために、この選手はここに打ってくる、と予測を立てて対処する策を練って臨むのだが、どれだけデータが完璧だったとしても負ける時はある。何でもないサーブに崩されてしまった、こちらのミスが上回った、というのはもちろんだが、こちらが完璧にやってのけても相手がさらにその上を行けば勝てない。

データを凌駕するのは、たとえ2枚、3枚のブロックが並び、抜けたコースにレシーバーを入れようと弾き飛ばす、大エースのいるチームだ。

今でも鮮明に蘇る負け試合が二度ある。

一度目は2016年の春高準決勝。鎮西に敗れた試合では、相手エースの宮浦健人選手に粉砕された。第1セットの入りは完璧で、相手を13点に抑え込んだ。このまま徹底すれば絶対に相手を封じ込められる、と選手たちだけでなく私も確信していた。だが、ここで宮浦選手が覚醒し、打ってくるとわかっていてもブロックを弾き飛ばし、レシーバーも拾えないほどのボールを次々に打ち込んできた。こうなればまさに完敗。まさに大エースという活躍ぶりに拍手し、脱帽するしかなかった。

二度目は2022年の春高3回戦。宮崎代表の日南振徳と対戦した際、相手チームのエースでパリ五輪にも出場した甲斐優斗選手にやられた。この年は新型コロナウイルスの大流行が収まらず、国体は開催されずに練習試合の機会もほとんどなかった。インターハイが終わってから、いわば春高が一発勝負の本番という状況。甲斐選手の高さやスパイクの軌道は映像で確認することはできても、実際はどうかといえば試合の中で体感し、落とし込んでいくしかない。それでも何とか応戦したが、コースを封じるべくブロックに跳んでも、そのブロックに当ててコート後方まで飛ばされる。鎮西の宮浦選手と同様に、大エースに凌駕された試合だった。

だがその苦い経験が、後に活かされる。2023年の春高、鎮西との決勝戦だ。チームのエースは舛本颯真選手。宮浦選手や甲斐選手のような上背はないが、跳躍力とパワーがあり、振る舞いも勝負強さも、まさにTHEエースと言うべき存在。打ってくるとわかっていても止められない相手に、どう勝つか。私は選手たちにこう言った。

「決勝になると試合も続き、1セット目と3セット目では疲労も増える。自分では同じ感覚でブロックに跳んでいるかもしれないけれど、確実にベストパフォーマンスではなくジャンプ力も落ちてくる。それをマイナスだと考えるのではなく自覚して、ブロックで止めようとしていたスパイクに対しても、レシーバーの配置を考えて変えていく。そうすれば、相手もジャンプ力が落ちている分、絶対に（レシーブが）上がるから」

結果は2セットを失った後、3セットを連取する逆転勝ち。守備力に長けた選手たちが揃っていたので、攻守で流れを引き寄せてくれたこともあるが、失敗を糧にした策がハマった試合でもある。データをも凌駕する大エースには、完璧なプランを備えた組織で戦わなければならないと教えられた試合でもあった。

データバレーの真髄は、いかに「知らない」をなくせるか

人間はなぜ驚くか。

知らないこと、イメージしていないことが起きるから驚くし、パニックにもなる。事前に「今から驚かせますよ」と言われていたら、同じことをされても驚く人はいないはずだ。

わかりやすい例を挙げるならば野球だ。初めて対戦するピッチャーと向き合った時「どんな球を投げてくるだろう」とまっさらの状態で臨むか、「このピッチャーはストレートとカーブしか投げてこない」とわかって臨むのとでは、大きく結果は異なる。さらに加えるならば、ストレートも150キロなのか、130キロなのか、はたまたカーブは90キロ

なのか、70キロなのか。具体的な数字がインプットされていたら、対策はしやすい。

事前のデータにプラスして、試合の中で起こる事象も私は貴重なデータだと思っている。たとえば審判。スパイクを打つ時に、相手の指先を狙って絶妙なブロックアウトを取るスパイクを決めたとしても、中には見過ごす人もいる。一度ならば間違いかもしれないが、数回続けば同じスパイクを狙ってもアウトとジャッジされるかもしれない。それならば、いつまでもその攻撃にこだわるのではなく、同じブロックアウトを取るにしても、もっとわかりやすく取ったほうがいいと切り替えることもできる。

コーチやアナリストの頃は、自分が収集して分析したデータを監督に渡す。その時に「今週の勝敗（確率）は？」と聞かれることもあり、正直に「3割です」と答えることもあった。数字から冷静にデータを分析していれば、互いにどれだけの力量差があるかは明白だからだ。

じゃあどうすれば勝てるんだ。そう問われれば、このローテーションをこうしてうまく回せば、勝てる確率は上がる、とか、自分なりの答えを伝えてきた。それがどれだけ活かされていたかはわからないが、監督になった今はデータから導き出される答えはもちろんだが、データにプラスして目の前で起こる事象から、ここ、という狙い所がピンポイントで見えてくることもある。

最も頻度が高いのはサーブだ。

事前に選手たちへ渡したデータでは、このローテーションでサーブを打つ時は、このゾーン、またはこのターゲットに向けてサーブを打つなどとあらかじめ決まり事を設けている。だが、試合が進めば相手のクセや数字で見えなかった情報も蓄積される。その結果、「今こっちに打てば崩れるな」と確信が持てる瞬間が訪れる。

そうなれば、私は変化を厭わない。たとえその直前に、いいサーブを打って相手を崩していたとしても、変えようと思えば躊躇しない。

「打つコース、次は（ゾーン）5から5、対角線に打って」

なぜ、そんなことができるのか。

勘が働いたといえば簡単だが、種明かしをすると、それまで狙っていた反対側のコースにいる選手が「明らかに自分のところへ飛んでくることはない」とほんの一瞬気を緩めた姿や、リベロが直前のラリーよりも早くカバーリングに行こうとしているなど、小さく生じる違和感が突出して見える。まさに〝勘〟であり〝匂い〟としか言いようがないのだが、この場面でこの角度に打ったら絶対に１００％点を獲れる、というイメージがはっきり見えるのだ。

もちろん「こっち側から打って」と言われた時に、選手が対応できなければ元も子もないし、打てなければ叱られる。ブロッカーからすれば、本来打つべき方向じゃない場所にサーブが打たれて、その時点で「なんで?」と思うけれど、不思議なほどに崩れてくれることにまた「なんで?」と考える。選手同士でも、試合後に「なんであっちに打ったの?」と確認するらしいが、聞かれた選手はこう答えるしかない。

「先生が、今こっちに打て、って言ったから」

なぜ崩れたのか。理由はわからない。だが確信を持てる時がある。データとひらめきが融合するからこそ、バレーボールは実に面白いのだ。

調子のいい選手はあえて「とっておく」

バレーボールの試合では1セットに6回、メンバーを交代することができる。2人ずつを代えてまた戻せば計4回。リリーフサーバーかリリーフブロッカーを入れて残り2回を使ってもいいし、どちらかが一方的な展開になれば一気に6人を代えてもいい。

先発完投の大エースを擁するわけではなく、継投で勝負する駿台学園では選手交代も積極的に行うし、誰が出てきてもその時々で役割がある。それを、選手たちも理解して実践している。

さらに面白いのが、バレーボールがセットスポーツであることではないだろうか。たとえ1セットを取られても、2セット目からメンバーを一新することもできるし、同じメンバーで臨んだとしても気持ちは切り替えられる。調子の上がらない選手に代えて選手を投入するタイミングもさまざまだし、ワンポイントで投入した選手の活躍がきっかけになって劇的な勝利を導き出すこともある。

傾向として言えるのは、やはり楽なのは先手必勝。特に第1セットを取るのは大きい。春高の準々決勝まではどちらか一方が2セットを先取すれば勝敗が決まる3セットマッチだが、準決勝以降は5セットマッチ。「5セットのうち1セットを落としても挽回できる」と思われるが、実は1セット目を取ったか落としたかによって選手の疲労度は変わる。

数字上でも、1セット目を取ったチームが勝利するケースが多い。私自身も1セットを取れば「よし、いける」と思うのが常だ。ではなぜそう考えるのかといえば、最初に1セットを取れば、勝つことに急ぐのではなく次を見据えて試したり、いろいろなパターンを確認したりするためのセットが生まれる。たとえば、1セット目を先取した後にセッターを代え、2セット目を落としたとしても、この選手が入るとこうなるのか、という傾向が新たにデータと印象として加わり、次に活かすことができるからだ。

勝敗に関わらず選手個々に目を向ければ、その試合で調子のいい選手もいれば、調子が上がらない選手もいる。たとえばアウトサイドヒッターならば、スパイクが決まらなくてもサーブレシーブの要である選手で、サーブやブロックでも点を獲っているというのであればそのまま出し続けたほうがいい。だがサーブレシーブも返らないし、スパイクも決まらない。挙句ミスまで続いてきたとなれば、当然メンバーを代える。

だが、そのまま交代した選手を出し続けるか。代えた選手を戻すか。この匙加減や判断は指揮官に委ねられている。

調子が悪い選手とは逆に、絶好調というべき選手がいたらどうするか。

スタートから起用するのかと言えば、一概にそうではない。むしろ私の場合は、調子がいいとわかっている選手ほど最初から起用するのではなく、ここ、という場面のために取っておく。今年のチームで言えばエースの川野琢磨のように、調子がよかろうと悪かろうと外せない選手はいるが、チームとしてどう戦うかを長い目で見た時、今日の試合、この大会で誰の調子がいいのかを試合の中で探らなければならない。

つまり、試合が始まる前から絶好調であることがわかっているのであれば、チームが劣勢になった時に起爆剤として流れを変える可能性が大いにある。だから取っておく。もちろん自分の中だけで秘めるのではなく、本人にも意図を伝える。

「お前の調子がいいことはわかっている。だから出さずに取っておくからね。いつでも行けるように、準備しておいて」

そう伝えるだけで、選手からすれば「調子がいいのに使ってもらえない」と考えることはなくなる。同じポジションの選手が今ひとつ調子が上がらないと判断すれば、自分の出番も早くなるかもしれないと考えながら準備をしてくれるだろうし、もしも出ている選手がそのまま調子を維持できれば出番はなくなるが、「次にこういう状況になったら出すから」と伝えれば、自分の役割も理解できるはずだ。

交代はマイナスではなく、使い方次第でいくらでもプラスになる。大切なのは、判断基準を持ち、共有することではないだろうか。

「アナリスト」に求められる役割

駿台学園に、初めて「アナリスト」が誕生したのは就任1年目だ。1期生とも言うべき最初のアナリストは柳川辰真。今はSVリーグのサントリーサンバーズ大阪でアナリストとして活躍している。もちろん最初は選手として入部してきた。だが私が監督になった時、かつてNECでアナリストとして活動していたことを話すと、「やりたい」と立候補したのが柳川だった。

SVリーグや大学では、アナリストがデータを入力して分析までするが、高校ではそこまで求めない。ソフトを使って試合時の情報を入力する。柳川の時はチームとしても初めてのことだったので、ソフトの使い方や入力方法について軽く教えたが、彼がアナリストとしてノウハウを覚え、後輩も続くようになってからは私が直接レクチャーすることはない。自分たちで教え合って、入力に不慣れな1年生が入ってきた時にはまずブラインドタッチを習得するために、無料のタイピングソフトで練習している。

春高などで注目されて、アナリストも脚光を浴びる機会が増えたせいか、ここ4～5年はアナリスト志望者も増えたし、中学生から「駿台学園でアナリストがしたい」と手紙をもらうこともある。女子生徒もマネージャーを志望するのではなく、「アナリストになりたい」と入部してきた子もいる。私の考えとしては、やりたいならやればいい、というのがベースなので、人数に制限はしていないし、わからないことは自分たちで解決すればいい。もう少し高度なレベルで確認したいことがあれば、OBである柳川を含めSVリーグのチームに所属する3名の卒業生たちに聞きなさい、と促している。

柳川の頃は高校でアナリストということ自体が珍しかったが、今では生徒がアナリストとして活躍するチームも多い。私が知る限りでも、福井工大福井、愛工大名電、清風、県岐阜商、習志野、慶応、岡谷工業。採用するチームは確実に増えているし、中にはユニフォーム姿でベンチに入って、ベンチでパソコンに入力しているアナリスト兼選手もいる。

個人的には、アナリストが増えていくのは大歓迎だ。もちろん私の現役時代と同じように、紙ベースで相手の情報や自チームの傾向をデータとして収集し、共有することはできる。だが試合で得られたデータをもとに、次の試合に向けて何を目的に練習すべきか。その指針となるのが数字だ。「この数値をこれぐらいまで改善していこう」という具体的な指標があれば、何をすべきかも明確になるのではないだろうか。

少なからず言えるのは、今の駿台学園にアナリストの存在は不可欠である、ということ。試合時にはスタンドからリアルタイムで入力作業をしているが、練習時も同様で、よほど人数がいない時以外は、基本的にアナリストはアナリストの仕事をする。選手たちが体育館で練習している際、空いている教室を使って、映像を見ながら試合のデータを入力したり、すでに入力したものも一度では打ち切れなかったり、細かな数値を修正しなければならないものもあるし、入力するのは駿台学園だけでなく試合で対戦する相手の分も必要だ。

公式戦や練習試合で撮影した映像から打ち込んだり、実際に見ていない試合のデータも、ＹｏｕＴｕｂｅやチームの公式インスタグラムや配信されているアプリをもとにダウンロードしたりして、ひたすら打ち込む。試合期になれば、選手にはその日のうちに映像がフィードバックされるので、見たい場面を即座に見ることができる。

選手たちも自身のプレーを追求するために練習するのと同様、アナリストも仕事は尽きない。どちらもチームにとって不可欠な戦力であるのは、言うまでもないだろう。

組み合わせ抽選からアナリストの春高がスタート

全国47都道府県の出場校が出揃い、12月の第1週目には本戦の組み合わせが決まる。インターハイや国体、前年度の結果でシードに入ることもあるが、対戦相手はもちろんわからない。その年によっては、その都道府県のレベルが高くインターハイに出場するチームが春高と違っていたり、全国優勝する力があってもインターハイでの組み合わせが悪く、ノーシードのチームも存在することがある。

前評判や対戦成績を踏まえたうえで、どのチームと対戦するのか。すべての出場校にとって組み合わせが決まる抽選日は緊張を伴うが、決まった瞬間からアナリストの春高はスタートする。

まず抽選が始まる前段階で、出場が決まった全チームの試合映像は集めている。今ではすべての決定戦が配信されているので、映像を集めること自体は大変ではないが、そこにプラスして、このチームはさらに多くの情報が欲しいという場合は、決定戦だけでなく過去の公式戦や練習試合、ＳＮＳやテレビ局のサイトなど、アナリストたちが総動員で映像を集める。なぜそこまでするのか、と言われれば、都道府県によっては熾烈なライバルがいるところもあれば、一強体制のところもあり、代表決定戦ですべてがわかるわけではないからだ。もしかしたら隠していることがあるのではないか、もっと違うパターンがあるのではないか、と徹底して解剖、分析するための素材が必要なのだ。

いざ抽選が決まれば、今度はそのすべての映像を対戦する順番に分けて、それぞれのチームのフォーメーションをアナリストが作成し、そこに私が文章で、どこにサーブが打たれることが多く、その時に気をつけるポイントは何か。攻撃の傾向はどうなっているのかをすべて打ち込む。ベースになる選手の情報を打ち込むのは、アナリストの仕事だ。

選手たちが目標に掲げる「日本一」や「三冠」を達成するためには、出場するすべてのチームに勝たなければならないし、１回戦であろうと決勝戦であろうと、倒さなければならないことに変わりはない。だがその中でも要注意、最も時間や労力をかけて分析しなければならない相手もやはりいる。

前回（２０２４年）の春高でいえば、山口代表の高川学園だった。

連戦続きで睡眠時間は2時間程度、春高本戦は連日コンビニ飯

第1章でも触れた通り、自主性を重んじる高川学園は勢いに乗ると手をつけられない。そして国体では負けている。選手の中には「負けた」という記憶は色濃く刻まれるもので、普段は仲良く対戦し合う選手同士でも、ライバルとして強く意識するのも当然だ。その相手とどう戦うか。インターハイ、国体のブロック予選や本戦はもちろん、県大会や練習試合もすべて洗い出し、徹底して分析し、対策を練った。過去を振り返っても、あそこまで徹底して1校の対策をしたのは初めてだったかもしれない。

組み合わせの結果、順当に勝ち上がれば高川学園とは3回戦で対戦する。折しも、3回戦と準々決勝がダブルヘッダーで組み込まれる、言うならば最悪の日だ。もちろん、高川学園と対戦するまでのチームにも万全な対策をして臨まなければならない。試合に向けて、私が準備するのは対戦相手のデータはもちろんだが、自チームのデータも必要だ。

試合前であれば、対戦相手の傾向を数字でまとめて選手に渡し、どうやって戦っていくかをミーティングで確認する。1つ勝てば安堵するが、次の日の試合に向けて準備をしなければならない。試合が続けば当然ながら相手だけでなく、自チームが今どう戦えているかをクリアにするために、自チームの分析もしっかりしなければならない。どのローテーション、どの局面でうまく回らなかったのか、改善しなければならないところはどこで、狙われやすくなっているのはどんなところか、といった反省点を抽出し、そこに数字と理由、「ここにこれだけ打たれているから、次に同じ状況が起きたらこの攻撃で打破するように」と注意書きも加える。徹底してすべてを洗い出すためには、相手チームのデータをつくるのに最低でも2時間半、自チームのデータを作成するのに1時間はかかるので、次戦のために準備が必要な時間は3〜4時間など当たり前。

第7章で詳しく述べるが、春高バレーは現場からすれば実に不可解なことが多く、大会2日目までしか試合順は確定していないうえ、テレビ局の都合で試合順が組まれる。注目選手が集まるチームの試合は、テレビで扱う時に編集しやすいから1試合目に行われる反面、第1シードでも4試合目ということがざらにある。試合後の作業を考えれば、試合順が遅くなればなるほど、こちらはたまったものではない。

試合が進めば、翌日の対戦相手だけでなく、反対側の山でどこが勝ち上がっているかも気にしなければならない。そもそも、3回戦と準々決勝という1日に2試合が行われる日は、3回戦の相手と勝ち上がった場合に対戦する可能性がある2校の分析をしなければならないので、仕事量は3倍になる。しかも極めつけは、準々決勝を終えるのが6試合目で、翌日の1試合目に準決勝が行われることもあるため、準決勝の前々日の時点で、反対側のブロックを最低でも4チームは分析しなければならない。そうしなければ、困るのは選手たちだからだ。

今だから言えることだが、高川学園と3回戦で対戦する時は、準々決勝で当たる可能性があるチームの対策はほとんどしていなかった。それぐらい、この1戦にすべてを懸けていた。そして勝利した選手たちが準々決勝も突破することを信じて、眼前の情報をその時々で伝えるのが精いっぱいだった。

春高の期間中は、試合を終えて宿舎に帰れば選手たちは治療をしたり、身体を休めたりすることに時間を使う。私はといえば、試合を終えれば食事をする時間も惜しいので、ホテルに戻ったら近くのコンビニに行き、食べたいものや飲料を用意して部屋に引きこもる。やることはといえば、映像とデータを見ながら分析し、翌日の試合前のミーティングに向けた資料をつくること。そのため一度部屋に入れば、翌朝のミーティングまで一歩も出ず、ひたすら作業に明け暮れる。

そこまでやらなくても、と言われるかもしれないが、確かに高校生年代ではそこまで戦略を練っているチームはまだ少数だ。強豪校も「この形」と作り込んできていることが多いので、試合の中でバレーを変えてくるチームは少ないし、自チームのクセを理解していないから無意識に出ることもある。だから、そこをデータで時間をかけて追究すれば丸裸にすることもできる。

試合前の準備は１００％、完璧にする。だから、始まる前は常に「絶対に勝てる」と確信している。試合が始まれば目の前の情報を逃さずに追い、必要なものを選手に伝えるだけ。試合中に見るデータも、ｉＰａｄにディレイで送られてくる映像と、マネージャーがつける誰がどれぐらい打って、どれぐらい決まっているか、という簡単な数字だけだ。

いかに万全の準備ができるかが、すべてのカギを握っている。

本気で戦術、データの話をしてしまうと、それだけで書籍ができてしまう可能性があるので、それはまた出版の依頼があれば考えることにしたい。

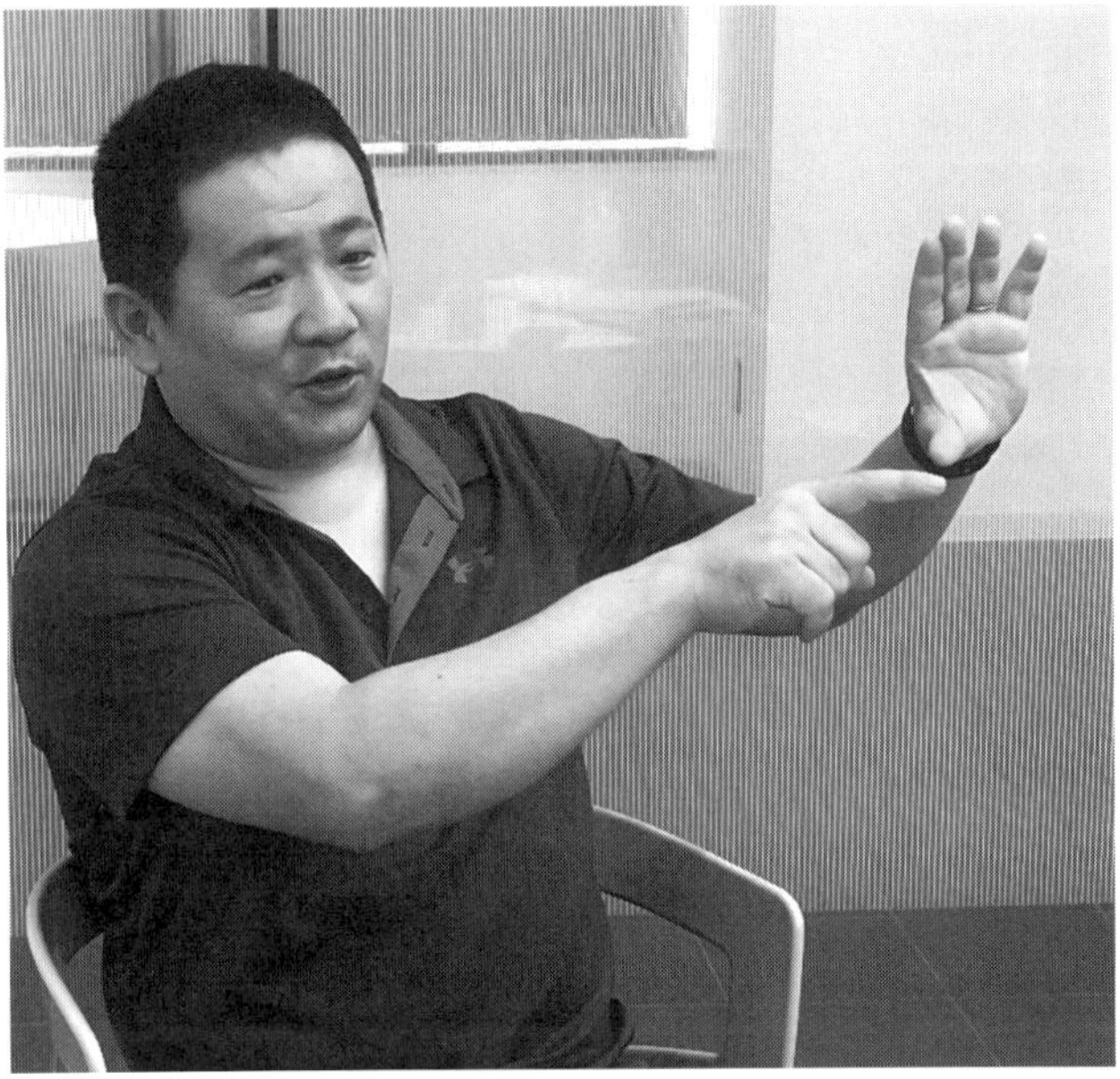

第5章

頼れるものはすべて頼る

トレーニングの専門家を招聘した理由

バレーボールに限らず、高校のスポーツ強豪校と呼ばれるチームは、監督がすべてを担うイメージが強い。たとえば野球やサッカーでは、テレビ番組などでよく監督の自宅を寮にしていたり、監督がすべてを管理していたりするのを見ることもあるが、私には到底無理だ。むしろできることならば、いろいろな人の手や力を借りて1つのチームをつくる。その形が理想だと思っている。

バレーボールに関しては、私が責任を持って指導する。でも、身体づくりや日常生活はといえば、私が管理して指導するには限界がある。

では、どうするか。専門家の力を借りる。

現在の駿台学園男子バレーボール部は、監督の私がいて、毎日の練習に来るいわば常駐のコーチであるOBの高橋真輝《まさき》と、平日は自分の仕事をしながら主に土日や試合時に来てベンチに入るコーチが同じくOBの土岐大陽《ひかり》。そこにプラスして、顧問としてBチームの練習時に帯同する教諭、さらに外部の指導者としてウェイトトレーニングをメインで見てもらうストレングスのトレーニングコーチと、治療面を担ってもらうトレーナーがいる。

もともと私が監督になった時から、チームにはトレーナーがいた。バレー部のＯＢで主に治療を担当してくれていたが、２０１７年に伊藤吏玖《りく》が入学してきた時に、１９５センチの体軀をどう活かすか、バレーボールの技術だけでなく、将来を見据えた身体づくりも同時に行っていかなければならないと考えた。

それまでは私がトレーニングメニューも考えていたが、そもそも私はトレーニングの専門家でもないしこだわりもない。だからいいと思うものはどんどん取り入れるし、必要がないと思えばやめればいい。伊藤という可能性を秘めた選手をどうにか大きく育てたいと思った時に、ただ身体を大きくするだけでなく、バレーボールに活かされるメニューを効率的に取り入れていかなければ意味がないのではないかと考え、伊藤たちが3年生として迎える最後の春高前、11月頃からトレーニングコーチを招聘した。もともと女子バレーボール部が、知人を介したつながりでトレーニングコーチの山中浩敬さんに月1〜2回来てもらっていると聞き、それならば男子も、とお願いしたところ、山中さんの指導とその成果が想像以上に素晴らしかった。

まず大前提として、トレーニングの専門家なのですべてのメニューを正しい方法、フォームで行う指導をしてくれる。そうなれば、求める筋肉にアプローチできるだけでなくケガ予防にもつながる。専門性を理解せず、見よう見まねでやっていると、本当に必要な動きとして連動しているのかすらわからない。たとえばベンチプレスをするにしても、ベンチプレスをすることでどの筋肉にアプローチして、それがバレーボールのどの動きにつながっていくのか。重量も人によって違うので、必要以上の負荷をかけるとケガの予防どころかケガの要因になりかねない。

プロの指導者ならば、当然そんなことはカバーしてくれるが、山中さんの場合はただ専門性を当てはめるだけでなく、理論に基づいて行う。今、どれぐらいのところまで来ているのか、という成果を数字で見せてくれるので何より説得力がある。選手たちもただ「トレーニングが必要だ」と押し付けられるのではなく、具体的な数字とともにこれが伸びている、伸びていない、と示されれば「もっとマックス測定の数字を上げよう」とモチベーションにもなるし、サボれば顕著に出てくるのでごまかせない。

トレーニングの測定値に加え、インボディという測定機器をリースで借りている。その機械を使って筋肉量や水分量、体脂肪やＢＭＩ、文字通りすべて丸裸にされるので、言い

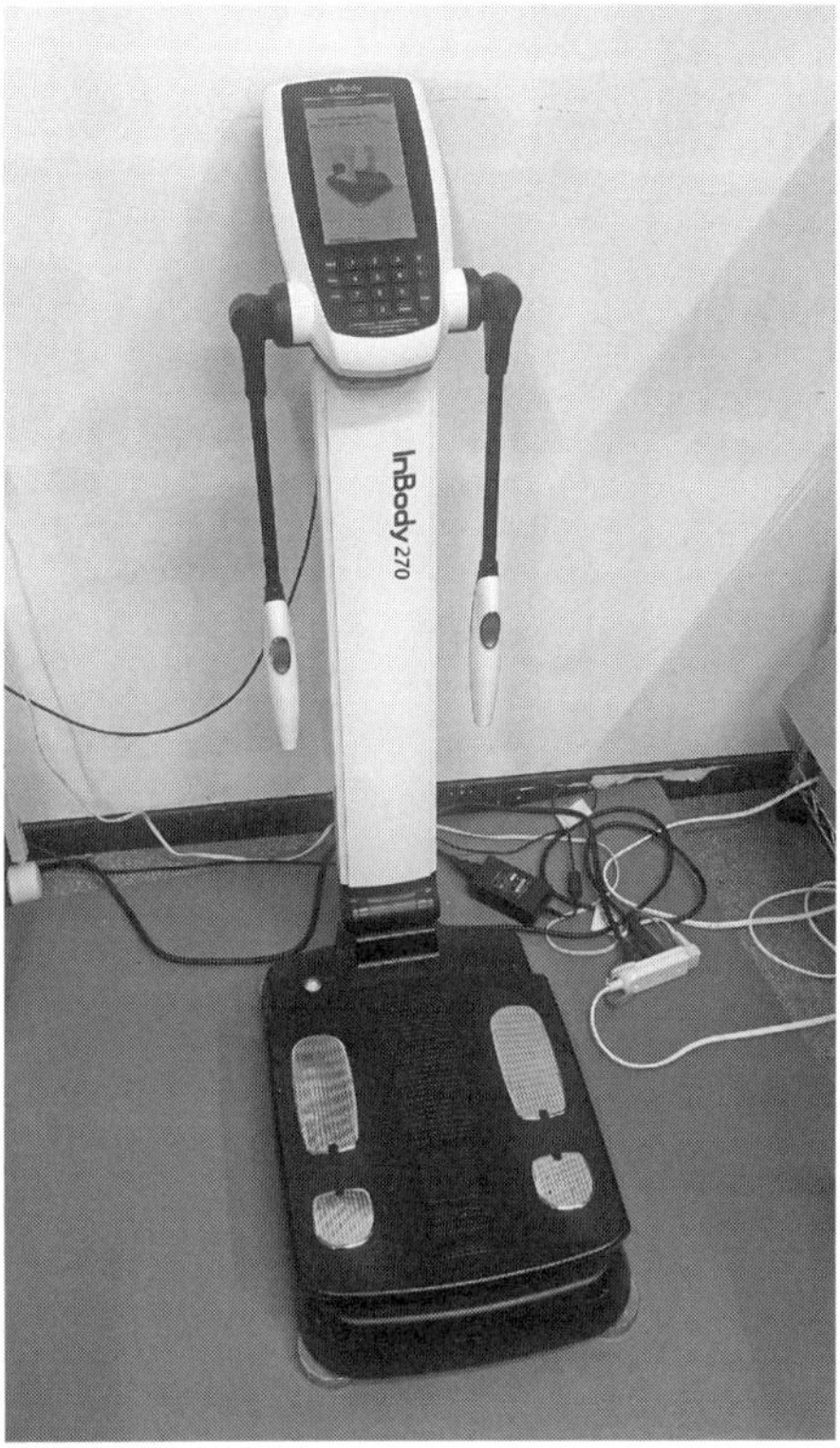

筋肉量や水分量、体脂肪やBMI等
あらゆる数値が測定できる機器インボディ

訳のしようもない。
高校男子バレーでも、トレーニングコーチがいるチームは増えてきたが、ここまで徹底しているところはないだろうと自負している。

求めるのは「バレーボールに関連する動き」

曜日によってはボール練習だけで終わる日もあれば、ウェイトトレーニングだけで終わる日もあり、どちらも行う日もある。トレーニング場の器具を使って行っているが、基本的に私はウェイトトレーニング場には行かない。山中さんに任せていれば大丈夫、という信頼はもちろんだが、専門家にお願いするということはそういうことではないかとも思っている。余計な口出しは不要だ。

とはいえ、求めることは求める。なので、完全に口を出さないわけではない。言っていることが矛盾しているように思われるかもしれないが、バレーボールの指導者、監督としてバレーボールのシーンで気になった動きや、必要とする動きができるような身体にしてほしい、ということを最初に伝える。この作業は必要だと思っている。

たとえばディフェンスの際、足の運びがスムーズではなく転んでしまう選手や、一歩目がどうにも遅い選手、スパイク時には空中で体幹がブレてしまい、力がボールに伝わらない選手など、求めるものはさまざまだが、それぞれのシチュエーションとともに要望を伝え、あとはバレーボールの練習で確認するだけ。「こうしてほしい」という要求に対してどんな方法で応えてくれるかは、すべて山中さんにお任せしている。そして、完璧な形で応えてくれることには感謝しかない。

技術練習と同様に、トレーニングも日々の積み重ねが結果になる。劇的な変化を遂げることはないが、1年から3年までの期間で見ると、ウェイトトレーニングに取り組むことで身体やプレーは大きく変わる。現在の3年生たちも私が思うような身体つき、プレーができるようになっているので、まさに理想通りの成長を遂げているが、象徴的なのは川野琢磨だろう。196センチと、上背は申し分ないが線が細い。ディフェンス時に踏ん張りきれなかったり、スパイクの空中姿勢がブレたりすることもあったが、筋力が上がってプレーも落ち着いてきた。間違いなく将来のある選手なので、今の段階から身体づくりができれば大学、さらに上のカテゴリーでも十分に戦えるはずだ。

パワーがついた、というところで挙げるならば櫻井信人。ベンチプレスの数値はチーム1、トレーニングで培ったパワーを活かしたバックアタックは、高校生の中ではおそらく驚異だ。1本は身体に当てて上げることができても、2本続けてあのバックアタックをレシーブできる選手はいないのではないだろうか。実際にSVリーグの選手や関係者が見た時にも「あのバックアタックは速いし強い」と感心していたほどだ。ベンチプレスの数値がチーム1、と書くとその数字ばかりが独り歩きしてしまいがちだが、ついたパワーはバレーに活かされている。それこそがまさに、私の求める結果だ。

バレーボールは、攻守の切り替えが目まぐるしく変わる。ブロックに跳んだかと思えば、今度は開いてスパイクにも入らなければならない。ラリーが続けばそれだけジャンプの回数も増え、疲労がたまってケガにもつながりかねないのだが、実はこのジャンプ1つとっても、専門家の目から見れば跳び方の違いがあり、それぞれ使う筋肉も違うらしい。

跳び方は大きく2種類に分けられ、一方は腱で跳び、もう一方はハムストリングスで跳ぶ。この違いも漠然と「ハムで跳ぶタイプだね」と判断するのではなく、測定する機械がある。数字で見た時に、ハムストリングスの出力が高い選手はどこを鍛えればいいのか、ケガのリスクを減らすためには、どんなアプローチをすればいいのかが導き出される。

そのため、全員が共通したメニューを行っているようで、それぞれに微妙な違いが生じ、当然ながら設定された重量や負荷も異なる。テクノロジーが進化した今の時代は、根性論が通用する世界ではない。選手個々に対するアプローチも、よりよい方法を探ることができるし、実践することもできる。選手たちの目線で見ても、漠然と「必要だからやりなさい」と言われるよりも、「これとこれが君には必要だからやりなさい」と言われたほうが、モチベーションにもつながるはずだ。

山中さんがチームに携わってくれるようになってから、選手たちの身体つきが変わり、できるプレーの幅が増えたことはもちろん大きな変化だが、目に見えない「疲労」が数字で示され、共有できるようになったことも大きい。私が見るのはボール練習だけなので、少し身体が重そうだな、動きが鈍いなと思った時に確認すると、トレーニング時の状況を共有してコンディションをすり合わせることもできる。

より明確にする手段は、試合が近づいてくる時期には必ず練習前と練習後に行うジャンプ測定だ。主に1日練習の朝、まっさらな状態でのジャンプと、練習後のジャンプの数値を比べてどれぐらい変化しているか。明らかに落ちている選手は疲労度が高いと判定できるが、それでも午前中の練習終わりには落ちていたけれど、午後練習が始まる前には戻っている。もしくは、すべての練習を終えた時にはかなり数値が落ちたけれど、翌日には戻っているようなら問題ない。だが朝がピークで午後の始まり、午後練習の後、翌日の数値が落ち続けている選手は疲労が抜けていないと判断される。トレーニングコーチからもトレーニングの回数制限、セット制限をすると報告があるし、ボール練習の際にも「この子とこの子は疲労がたまっていて少し注意しなければならないので、ジャンプを減らすなど制限を加えるようにしてください」と指示が出るので、余分な追い込みをすることなく、本番に向けたピーキングを合わせることもできる。

高校生とはいえ、選手もまだ子どもなので、自分がトレーニングで追い込まれている時にメニューが減らされたり免除されたりしている選手を見ると、「なんであいつは少ないんですか」と不満を述べることもたまにある。だがそれも、こちらからすれば簡単に説明できる。

「お前はご飯を食べて寝て明日になったら戻るけど、あいつは戻らないから今はやらせると危ないので減らす。差別じゃなくて、区別だよ」

そうなれば、ぐうの音も出ない。前回（２０２４年）の春高も、大会前スキルと戦術理解、遂行度に関しては求めるレベルをクリアしていた。ならばあとはフィジカルを整える、ということで直前はボール練習よりもトレーニングを重視した結果、選手たちは完璧な状態で戦い切ることができた。選手の努力ももちろんだが、山中さんの完璧なピーキングには頭が下がる思いだ。

治療とトレーニングの両輪でコンディショニングの土台を築く

トレーニングコーチを招聘するまでと同様に、以前は治療もOBのトレーナーに依頼し、それだけでまかなえない分は、外部の治療院を利用していた。ジャンプや切り返しの多いバレーボールは、レベルが上がれば上がるほどどこかしらに痛みが生じるものだ。特に多いのが膝、腰、肩、肘のケガだ。さらに言えば春高は連戦が続くので、慢性的な疲労がどこかの痛みにつながることもある。

万全のコンディションで試合に臨むためには、トレーニングと同様、治療は不可欠。より高いレベルでの治療をもう少し頻度を上げて取り入れるべく、駿台学園が利用しているのが「ラクリス」だ。ラクリスは、身体の全方位から筋膜の癒着や萎縮に電流でアプローチできる機器で、患部をトリートメントすると、嘘のように痛みや疲労が取れる。駿台学園中野球部の先生から、２～３年前に「ものすごくいい治療がある」と紹介されたのが知ったきっかけだ。

野球の選手では、プロ野球選手や中学、高校でも多くのチームが利用していて、肩や肘のケアをしていると聞いた。それならばまずは自分でやってみようと試すと、患部を刺激すると痛みがあるが、「ここが炎症を起こしていますね」と説明してく

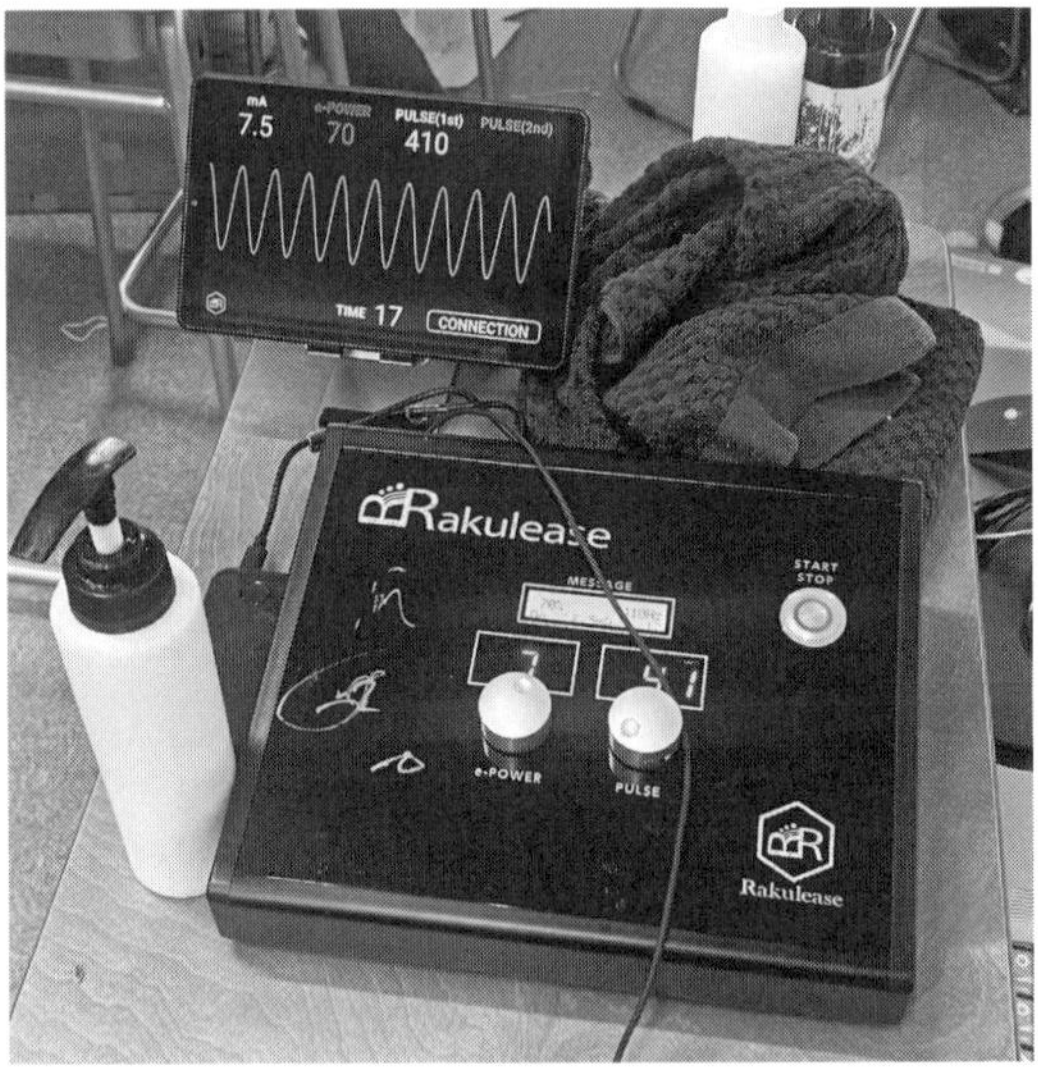

身体の全方位から筋膜の癒着や萎縮に
電流でアプローチし、痛みや疲労が取れる機器ラクリス

れて、肩から肘、指へと末端に進むにつれて痛みが抜けていく。効果てきめんだった。

直接治療院に通うこともあるが、週に一度、専門のトレーナーの平野純也さんに来てもらい、順番に選手を治療してもらっている。機器自体が大きなものではなく、持ち運びできるサイズであるうえ、モバイルバッテリーで充電できるので、試合時にはトレーナーとして会場にも帯同してもらう。先ほども触れたが、春高は連日の連戦だけでなく、大会3日目は3回戦と準々決勝が同日のダブルヘッダーで行われる、異常な日程が組まれている。3回戦と準々決勝はどちらも力の差はないし、試合内容もハードになることに加えてのダブルヘッダー。足を攣ってしまう選手も多くいるが、試合間にラクリスでケアができれば選手の疲労も抜ける。知るか知らないかでこれほど大きな差が出るのか、と実感している。

とはいえ、私は基本的にいいものは隠さずシェアしたいタイプなので、あちこちで「ラクリスがものすごくいい」と宣伝していたら、今では他校の選手も「治療してほしい」と言うようになったので、週に一度の駿台での治療日に東京や神奈川から他校の選手も訪れるようになった。自分たちだけで独り占めするにはあまりにもったいないし、選手たちのためにもなる。これからも私は、どんどんシェアしていきたいと思っている。気になる人は、ぜひ調べてもらいたい。

新型コロナウイルスの流行で、なかなか練習ができない期間が続いた弊害なのか、通常通りに試合が行われるようになると、疲労骨折をする選手が増えたと聞いた。高校生のバレーボールのレベルも上がり、運動量が求められることもあって強い負荷がかかり、きちんとケアをしなければケガにつながるが、ラクリスに出会ってから駿台学園では大きなケガはない。

私の現役時代は練習時間も長く、捻挫をしても「捻挫はケガじゃない」と一喝され、痛みをこらえながらプレーする選手も少なくなかった。もちろん、言うまでもなく捻挫を甘く見てはいけないし、きちんと治療をしなければ完治せずにクセがついてしまい、受傷箇所をかばうことで膝や腰など別の場所に痛みが生じることもある。高校生のうちから、自分の身体に対して意識を向け、治療やケアを軽んじないことも大切だ。

高校スポーツでは、企業名や商品名などを出すと宣伝はダメ、とお叱りを受けることもあるが、宣伝して利益を得ているわけではない。いいものはいいから、いいよ、と勧める。私はそれでいいと思っているし、ケガをしてバレーボールができない選手が減るならば、それこそが何よりの望みだ。

試合前は「うどん、サラダ、サラダチキン」が定番メニュー

トレーニングと治療、身体づくり、コンディショニングを整えるうえで欠かせないものがもう1つ。食事だ。駿台学園では、食事の面も専門家のサポートを受けている。始まりは2017年の三冠を達成した春高前から。トップアスリートの栄養指導もしている明治のサポートを受けてきた。当初は、食事にプラスしてどんなプロテインやサプリメントを摂れば効果的か、というところからのスタートだったが、その3年後からはより細部まで栄養サポート、栄養指導が行き届くようになった。

新学期になって、新入生が入学して間もない時期に最初の栄養講習が行われ、その後も季節が変わるごとにその時々の気をつけなければならないポイントが指導される。最初は炭水化物、タンパク質、脂質、ビタミン、ミネラルといった5大栄養素について。基本を知ったうえで日々の食事をどうするか。ウェイトトレーニングも実施している分エネルギーが不足するので、なおさら食事からきちんと取り組まなければならないと考えて向き合

ってきた結果、今では高校バレーボール界でここまで追求しているチームはない、と胸を張れるほど徹底している。練習後のエネルギー摂取として白米にふりかけをかけたり、おにぎりにして食べたりするチームは増えてきたが、学校での練習時だけでなく、練習試合や外部の施設を借りて練習する際に、二升釜の炊飯器を持ち歩くチームなどそうそうないはずだ。

好き嫌いではなく、アスリートとして今やこれからを戦ううえで、日常から食べていいもの、できれば食べないほうがいいものは何か。カロリーや成分だけでなく、どんな栄養素がどのタイミングで必要かという指導も受けているので、試合が近づけば開幕の2日前から食事のコントロールも始まる。

試合で必要なエネルギーを身体に蓄積するために、メインで摂取するのは炭水化物。ごはんやうどんをメインにしてたんぱく質も摂取するけれど、消化しにくい脂質や食物繊維が多いものは避けたほうが望ましいので、揚げ物はNG。同じ鶏肉でもから揚げよりもサラダチキン、豚肉も脂身の少ないヒレならOKだけれども、ひき肉やウインナーなどの加工食品はあまり好ましくない。ホテルに泊まって試合へ出場する際には、ホテルに食事のリクエストを出して、バイキング形式にしてもらって必要なものを摂取するようにしている。もちろんホテルによっては、あらかじめ定められたものしか出せない、というところもあるので、そういう時にはホテルの食事をつけずにうどん2玉とサラダ、サラダチキンとオレンジジュースを用意してもらい、試合が終わるまでは同じメニューを食べ続けることもある。

食べ盛りなのだからそこまで制限しなくても、と思われるかもしれない。確かに1人の男子高校生ならばその通りだ。だがバレーボール選手として求める結果があるのならば、技術を高めて身体のコンディションも整えるように、身体をつくるベースになる食事にも意識を向けなければならないのは当たり前。そして十分なエネルギー、栄養素を摂取していれば枯渇することはない。むしろ食べることや食べるものを疎かにして、大事な試合本番でいいパフォーマンスが発揮できなかったり、それ以前にコンディションを崩してしまったりしたらどうなるか。後悔するのは自分自身、選手自身であるはずだ。

トマトソースパスタはOK、カルボナーラはNGな理由

夜の食事はホテルで調整してもらうこともできるが、困るのは昼食だ。もちろん試合前にはおにぎり、ゼリー飲料、バナナなどのエネルギーになるものを補食として摂取し、試合直後にはリカバリーのために適したゼリーや、プロテインを摂る。ホテルに戻って昼食を取れるのであれば問題はないが、インターハイや春高では1日に2試合行われるケースもあり、その時の昼食をどうするか。仕出しの弁当を発注する案内も来るが、弁当店は予算に応じた弁当を提供してくれる反面、揚げ物や根菜も多く、試合の間に食べる食事としては栄養の観点からするとあまり望ましくない。そのため、事前に会場から近いコンビニを調べて、大量のおにぎり、具も鮭やジャコ、おかかなどたんぱく質が入ったものをあらかじめ発注しておき、保護者に買いに行ってもらい、それぞれが食べる分を用意する。

試合会場から宿舎が遠い時は、試合後に夕食までどうしてもお腹が空いたという選手がいれば、帰路の途中でコンビニに立ち寄り、パスタやうどんを購入するが、ビタミンやた

んぱく質が含まれるトマトソースはＯＫだけれど、クリームやバター、ベーコンなど脂質が多いカルボナーラはＮＧ。事前に栄養士さんからも指導を受けているので、選手たちも「クリーム系が食べたい」と欲することはない。

逆に昨年（２０２３年）、北海道で開催されたインターハイ時には、ホテルの夕食とは別に補食を選手の保護者に用意してもらったのだが、「まだ試合まで日にちがあるから」と北海道名産のザンギが入ったレトルトのカレーを購入してきた。せっかく北海道に来たのだから、という気持ちもわかるが、アスリートの息子が今食べる食事ではない。むしろ選手のほうが「うちの親、浮かれちゃってすみません」と謝ってきたこともあった。

年頃の食べ盛り、入学当初は「食べたいものを自由に食べたい」と思う選手もいたはずだ。だが習慣になれば苦ではなくなり、他校には夏場や連戦続きで足を攣って試合に出られなくなる選手も相次ぐ中、駿台学園の選手で試合中に足が攣って交代することはほとんどない。

日々の食事に加え、足を攣る一因は脱水でもある。夏場は水分補給を意識するが、寒くなれば水分量も減る。まさにその象徴が春高で、１月開催なうえに普段とは異なる雰囲気でいつも以上のパフォーマンスを発揮して、エネルギーが切れたり水分不足になったりすることがないように、試合前と試合直後に体重を計り、減少値が体重の1％以上を超えると水分不足が指摘される。ここまで見せつけられれば、選手の立場からすればぐうの音も出ないし、やればやるだけ結果がついてくると理解して行動するのも当然だ。

２０２４年の夏、ＳＶリーグのヴォレアス北海道が主催するサマーキャンプが行われ、駿台学園、愛工大名電、洛南、清風の４校と同志社大、北海道高校国体代表選抜チームによる練習試合や、ヴォレアスのエド・クラインヘッドコーチと話をする機会が設けられた。エドさんはトレーニングの専門家でもあるので、ジュニア年代をこれから育てるためにどんな練習、トレーニングが必要かという話に加え、選手に向けては栄養士さんによる講習会も開かれた。

「あんまんと肉まん、どちらを選びますか？」

二択のクイズ形式で出された問題に「どっちだ？」と迷う選手も少なくない中、駿台学園の選手からは逆質問が挙がった。

「それは試合前ですか？　試合後ですか？」

確かにその通り。バレーボールだけでなく「なぜ」を問えるようになることが、これからにつながる前進だ。

指導者同士の交流が生み出すもの

トレーナーやトレーニングコーチ、栄養士。さまざまな専門家の方々はもちろんだが、私にとって何より学びを得ることが多く、助けられる存在は同じバレーボールの現場で出会う指導者の方々だ。

駿台学園の男子バレーボール部監督になった頃は30代だった私も、今年42歳になった。年下の指導者も増える一方、同世代や少し上の40代後半から50代に差し掛かる諸先輩方はエネルギッシュで、どんな話をしていても新たな気づきがある。会うたびに刺激を与えられる人たちばかりだ。

公式戦の最中は、さすがに食事をしてゆっくり話をする時間などないが、練習試合や合宿で顔を合わせる際には、食事をしながら情報交換するのが何よりも楽しい。それぞれが練習方法や治療器具など、自分が試してみていいと思うものはシェアし合う。私に対しても「なんで駿台はこうやって守らせるの?」と聞かれることもあるし、その都度「ここに重点を置くので、動きやすいのがこの形なんです」と隠すことなくすべてを話す。

それどころか、練習試合ではさらに何でもあり。愛工大名電とは互いの選手を3人ずつミックスして両チームの混合で戦い、負けたチームは「この選手が原因だった」と思われる選手を話し合って決めて、トレードする。それだけで選手からすれば、その練習試合そのものを楽しみながら、かつ相手チームの選手をより観察して「やっぱり名電のブロックはすごい」と感じることもあるし、逆に名電の選手からは「こんなに駿台はトスが伸びるんだ」と感心された。

また別の例を挙げると、大阪の大塚との練習試合では、互いのチームの監督を入れ替えた。私が大塚を、当時監督だった親川隆英先生が駿台学園を指揮し、「ここでたぶんこの攻撃をしてくるけど、こうすれば防げるから行け」と指示も出すし、対処方法も隠さず伝える。同じ戦術で戦うにしても、監督が代わり、選手も違えばやり方は変わるし、違う視点での気づきも得る。

そんなにあけっぴろげで大丈夫？

そんなふうに思われるかもしれないが、繰り返すようだが私は隠すことなどない。むしろ、今日教えたことよりも明日のほうが自分自身、よくなっていたいし、アップデートしていたい。だから今教えることも、1か月後には古くなっている可能性もあるし、今のベストと明日のベストは違う。そうなるためには、常にアンテナを張り続けていなければならないと思っている。

そのために、高校だけでなく日本代表やSVリーグの試合も積極的に見るようにしている。通常は配信がメインになるが、機会があれば東京近郊の試合には足を運ぶし、10月に東京体育館で行われたSVリーグの開幕戦、大阪ブルテオンとサントリーサンバーズ大阪の試合も現地で観戦した。見ていて「この攻撃はアレンジできそうだ」と思うものがあれば翌日の練習から取り入れるし、やってみてよりよい形を探っていく。おそらくそう考えているのは私だけでなく、現在の高校男子バレーボール界の指導者はそれ相応のアンテナを張り、新しいことをどんどん吸収しようとする人たちが多くいる。

数年前、バレーボール経験のあるユーチューバーが、駿台学園の練習に参加するという企画がYouTubeで配信された。中にはすぐ電話をかけてきて「あの練習、こういう意図だよね？」と確認してくる人もいた。見たまま「駿台がやっているからやってみよう」というだけではあまり意味がないが、意図を理解したうえで試したい、取り入れたい、と動く人はやはり面白い。NECのコーチ時代からを思い返しても、成功している人は皆、独自にいろいろなものを貫いて、取り入れながらオリジナルを作り出せる人だ。

高校でも大学でもSVリーグでも、前任者をただ真似るだけでは自分のチームはつくれないし育たない。もともと飽き性ゆえに、新たな刺激を求めるからかもしれないが、私自身は変わり続けたいと思っているし、変わり続けようとする人たちに魅力を感じる。その先が、面白い将来、未来へと続いていけば最高だ。

第6章

最強駿台学園の練習

最初は長かった練習時間が短縮された理由

バレーボールの練習は長い。おそらくたいていの人が想像するのは、かつての〝東洋の魔女〟に象徴される根性練習。打たれるボールをひたすらレシーブで拾い続ける。1日中練習するのは当たり前だし、授業を終えてから練習を終えるのも夜が更ける頃だろう、と思う人が多いのではないだろうか。

事実、私の現役時代、特に小学生や中学生の頃はとにかく練習した。当時のバレーボールが今のようなラリーポイント制ではなく、サイドアウト制だったので単純に試合時間も長く、それに見合った練習時間ではあったが、それでもとにかく長かった。「バレーボールの練習時間は長い」と思われるのも決して間違いではない。

では、今の駿台学園はどうか。授業がある平日は3時間から長くても3時間半。週末はほとんど練習試合か公式戦だが、週に一度は休みもあるし、ウェイトトレーニングと治療で終える日もある。何より私自身も、ウェイトトレーニングだけの日はその場に顔を出すわけではないので、トレーニングコーチとコーチに任せて17時半には帰宅する。娘のピアノ教室へ迎えに行かなければならないからだ。

駿台学園の選手からすれば、その日常はもはや当たり前だが、他校の監督や選手に話すと「ピアノのお迎えで帰るの？」と驚かれる。だが教員、監督とはいえ家族との時間もある。若い頃は自分のためだけに時間を使っていればよかったが、結婚して娘が産まれてからは、明らかに生活のリズムやパターンも変化した。

振り返れば、練習時間も監督になった当初からは明らかに短縮された。平日の練習は基本的に4時間、サーブレシーブ、ディグ、スパイク、ブロック、トータル練習とほぼすべてのメニューを毎日必ず行ってきた。そうしなければ勝てないと思っていたからだ。

今はどうか。

ディフェンスメニューだけの日もあるし、トータル練習だけの日もある。ウェイトトレーニングを組み込めば、それだけ負荷もかかるしエネルギー消費量も高くなるので選手も休息が必要だ。そのため、ボール練習に充てる時間も短くなってきたのだが、基本技術を身につけるためにはある程度の時間は練習したほうがいいし、ボールさばきは長い時間をかけなければできるようにはならない。

短いほうが理想だとわかってはいても、バレーボールの試合時間を考えれば2時間を切ってしまうとさすがに短い。現在の3時間から3時間半、その時々のタイミングによって必要だと思う練習を日ごとにクリアする。練習時間は短くなったが、練習の質は間違いなく上がっている、と自信を持って言うことができる。

練習メニューは日ごとに考える

指導者の数だけ練習パターンや組み合わせがある。第2章でも記述したように、私の中学時代の恩師である日笠智之先生は、1日の練習メニューを細かく分刻みでホワイトボードに記していた。その教えを経て指導者になった私はといえば、練習メニューは先まで考えることなく、基本的には週ごとにテーマを決め、細かなメニューはその日ごとに考える。たとえば「ディフェンス」とテーマを決めたら、その中で今日は足を動かして徹底的に下半身を強化したいと考えればこのメニュー、ブロックを重視したいからこのメニューといった形で落とし込んでいく。

考え方のベースとしては、まず週の初めに取り組む練習をレベル1とするならば、その手応えを見ながらレベル2までクリアしたらレベル3、4と上げて、最終的にはレベル5、6まで持っていく。理想通りに進めばいいが、メニューやテーマによっては1、2までクリアしても3で引っかかってしまって6までたどり着けないこともあるので、そうなれば翌日はレベル4へ行く前に3をクリアするために別のメニューを取り入れる。試合期になれば週末の試合で疲労も増すので、コンディションを見ながら行うことも含めれば、やはり1週間のメニューを先に決める、もっと言えば1か月のメニューを先に決めるという考え方は私には適していないし、あまり理解できないやり方だ。

選手たちに対しても、「今日はこういう練習をやるよ」と説明するが、趣旨までは伝えない。むしろ、練習の中で選手が「今日の練習はこれが必要で求められている」と思っている。たとえるならば、「今日の練習はハイセットから切り返しまで」と説明しているのに、チャンスボールを入れて、レシーブした選手がただネットに近づける安易なボールを出したらそれは叱る。なぜなら、あくまで「ハイセットからの切り返し」なのだから、チャンスボールが入ってきたとはいえ、セッターがハイセットを上げるシチュエーションをつくるボールを出さなければ、求める練習はできない。ただ自分に矢印を向けて「チャンスボールだから丁寧にパスを返そう」というのはただの自己満足にすぎない。

選手たちのプレーや試合での動きを見た人からは、「どれだけ複雑な練習をしているのか」と問われることもあるが、練習自体はそれほど複雑ではないし、むしろ誰でもできる基本のプレーを疎かにすれば注意されるし、簡単な練習ほど私からの要求は高い。見た目には台上から打たれる強打を拾うディグ練習に見えるが、そこからトスにつなげたり、打たれるコースや球質が変わったり、1つのパーツ練習には4から5個の要素が含まれている。3時間から3時間半の練習をほぼ動き続けているので、給水のタイミングも自分で考えなければ脱水で足を攣るし、中学生が練習体験に来ると1時間も持たない。

第5章では、コンディショニングの面でさまざまな専門家の方々の力を借りていると書いたが、練習メニューを提供し、意識や技術を引き上げるのは私の役割だ。いかに選手たちを伸ばすための環境をつくるか。その役割を果たすために尽力するのが監督の仕事だと思っている。

その一環、というわけではないが、レシーブ練習時は必ず自分でボールを打つ。監督に就任した当初はすべて1人でやってきたので、自分以外に打つ人がいなかったという事情もあったが、今はコーチもいる。それでも自分で打つ理由は何かと言えば、ネットにわざ

ネットにわざと当てたり、ボールの回転を変えたり、この練習で何を求めているか、ということを見せるために、レシーブ練習時には必ず自分でボールを打つ

と当てたり、ボールの回転を変えたり、この練習で何を求めているか、ということを見せるには自分で打つのが一番早いからだ。コーチを務める土岐大陽《ひかり》や高橋真輝《まさき》はOBなので、私が打つボールを見て、拾い続けてきたからこそ彼らは意図を理解しているので、任せることもできる。指導者がただ気持ちよく打つだけでは、何の練習にもならない。前述のように「今日の練習はハイセットからの切り返し」ならば、ハイセットを上げさせるボールを打たなければ練習にならないし、強打レシーブの時間ではない。

とはいえ、もちろん安易なチャンスボールばかりを入れるのは意味がないので、それもあり得ない。そのせいか、卒業生が学校に来るたび決まって言われる。

「先生の球出しが一番えぐいです」

誉め言葉だと、ありがたく受け取っている。

毎日必ず行う「ランニングパス」

練習メニューやテーマは毎日異なるが、最初の20分は日々必ず同じメニューを行う。

「ランニングパス」だ。

名前の通り、2人1組、または3人1組で動きながらパスをつなげる。ボールコーディネーションの要素を含んだ技術練習で、取り入れ始めたきっかけは、3〜4年前にブラジル人のマルコス・レルバッキ、マルキーニョスさんの愛称で親しまれるブラジル育成年代の名将が、当時所属していた埼玉上尾メディックス主催のバレーボール教室を実施し、その時に初めて体験した。そして、これはいいな、と即座に思った。

バレーボールの練習では、2人1組で一方がボールを打ち、もう一方は拾う。返ってきたボールをさっき打った選手がトスして、今度はレシーブした選手が打つのを繰り返す〝対人レシーブ〟をイメージする人は多い。

だが、私の考えでは、対人レシーブは複合練習と考える。むしろ、上級者向けの練習である。試合直前のコートなど、場所や時間が限られる時に行うことはあるが、基本的にはやらない。なぜなら、対人レシーブの目的は「つなげる」ことではないからだ。

対人レシーブは、ブロックを除くすべてのバレー要素が入る究極の練習なのだが、大体の選手はそんな意識もなく無意識のうちにつなぐ練習になってしまう。そうなると足の送りやレシーブ面などに意識が行かないため、別に行ったすべてのレシーブ練習がダメになってしまう。そもそも、ちゃんとボールヒットすらできない選手がいくら打ち続けてもレシーブする場所に行かず、技術が未熟な選手同士ではお互いただ暴投し合うだけで、あまり意味がないと思っている。

パッと見るだけならば、ランニングパスもそれほど変わりはないように見えるかもしれないが、いわゆる対人レシーブとは全く違う。そもそも目的は動きながらも「つなげる」ことなので、レシーバーがつなげられる場所へボールを打つ技術も求められ、同様にレシーブする際には相手が打てる位置に返す技術が求められる。決められたところへパスを入れ、また打つ、という単純に見える作業を順序立てて続けるのは見ている以上に難しい。だが、続けていけば確実に成果は出る。象徴的だったのが、鎮西に2セットを取られてから3セットを取り返して優勝した2023年の春高決勝だ。

ネット際に上がった、つなぐだけで難しいボールをリベロの布台聖《しょう》とセッターの吉田竜也が、ぶつかりそうになりながらアンダーハンドでレシーブした。それだけでもファインプレーなのだが、2人の中では「ただ（ボールを）上げる」のではなく、スパイクにつなげる意識があった。ポーンと高く上がったボールはきれいなトスになり、そのボールを打ち込んで得点が決まった。

あの1本は間違いなく、ランニングパスを続けることでボールコントロールの技術が磨かれた成果だった。バレーボールは、決めることよりもつなげることのほうが難しいことに気づいてもらいたい。

駿台学園を象徴する練習メニュー

駿台学園の練習と言えば何か。

そう聞かれたら、多くの人はスリーマンと答えるかもしれない。3人のレシーバーに対して、私かコーチが出すボールを拾ってつなぐ。レシーブ練習ではなく、いかに足を使って動き、上がったボールは誰がつなぐかの連携を確認する練習なので、私自身は象徴とは思っていないが、球出しがやさしくはないので他校の選手からはインパクトが強いらしい。

むしろ私の中で、あえて駿台学園を象徴する練習を挙げるならば、少ない人数で行うトータル練習ではないかと思っている。

最初は2対2からスタートし、次は3対3、そこから4対4、5対5と人数を増やし、ネットを挟んで行うトータル練習はポジションを問わず、全員で動かなければならない。そのためにはセッター以外の選手もトスを上げるし、リベロの選手も打つ。決められたポジションだけでなくブロックも入るので、すべての技術が求められる。

なぜ人数を変え、しかも増やしていくのか。答えは明確だ。2対2の時は人数が少ない分、2人でカバーしなければならない範囲が広いので、やらなければならないプレーや技術が求められ、人数が増えればそれだけ連携も高めなければならない。たとえば2人の時ならば、1人がボールに触れれば次のボールはもう1人の選手が上げる。だが3人、4人になれば「次のボールは俺が行くから」と声をかけ合って連携しなければボールはつながらない。選手をスカウトする時に「バレーボールを学んでください」と伝えると前述したが、まさにその言葉を象徴するのが、このトータル練習だと思っている。

繰り返すようだが、私は1つのスキルを分けた単発のパート練習はほとんどしない。たとえばディグ練習。一般的なイメージでは、台上から放たれる強打を拾うのがディグ練習と考えるかもしれない。確かに強打に対して反応する、恐怖心をなくすためにはプラスかもしれないが、試合でそのシチュエーションがあるかと言われたらほぼない。むしろノーブロックで常にレシーブするチームがあったら、私ならば「まずブロックの練習をしてください」と言う。

バレーボールは1対1のスポーツではないのだから、ブロックもレシーブもいない状況でスパイクを打ち続けても、「気持ちよく打てた」と自己満足するだけで、試合で決まる技を得られるわけではない。言い方は悪いかもしれないが、意味はないし、試合の中で成果が発揮されるとも思わない。万が一そういった練習をする際には、必ずブロックをイメージして取り組ませたり、連続動作を取り入れたりすることが必要だろう。

選手たちにも同様に、常に練習から試合を意識して試合につなげるために、練習の時点から試合で起こり得る状況にはすべて反応することを求めている。たとえば、レシーブ練習の際に「アウト!」とただ見送るだけで、勝手にラインジャッジをして拾わない選手がいたら注意する。なぜなら、試合で何もせず「見送る」シチュエーションはほぼないからだ。ましてや、ボールを避けたりした場合は言語道断。

自分のところに打たれたボールを避ける、あるいは自分が間に合わないフェイントボールに対しても、間に合わないと判断するならば、他の人に取ってもらう声を出さなくてはいけない。なのに、何もせずボールが落ちるなどあり得ない。練習から消極的な選手が、試合で積極的に動けるはずがない。たかが見送りではなく、常に試合とリンクさせることが大切だ。

試合直前の春高でも「3対3」をやる理由

練習から試合を想定する。

その発想で考えれば当然、試合時も「試合だから」と特別なことはしない。

とはいえ、複数のコートで同時に試合が行われる春高では、コートを使える時間やサブコートでウォーミングアップにかけられる時間には限りがある。第1試合のチームは、基本的にコートでの練習は30分。短いと思われるかもしれないが、それだけあれば試合に入るための準備は十分に完了する。

まず前段階として、選手個々が100%動ける状態をつくっておいて、コートに入ったらセッターはコートの幅と感覚を確認するために、コートの横幅に立って2人でトス練習。それ以外の選手は5分ほどコートの中を走りながら、会場の天井やライトの確認。どの位置で見るとまぶしいかを把握して、実際にハイセットを上げたり、チャンスボールから攻撃に入る練習をしたりして距離感をつかむ。試合直前にスリーマンで動き回ったり、強打をひたすら打ったりして心拍数を上げる必要はないし、むしろ試合直前に大切なのは感覚的な要素を修正すること。そして、最後がサーブだ。

通常の練習コートと、試合が行われるコート。特に春高の会場となる東京体育館ほどの規模になれば、天井の高さもコートの奥行きも違う。そのため、普段通りに打っているつもりでも、思っている以上に伸びてしまったり、軌道が低くなってしまったりしてミスにつながることも増えるので、サーブを打って感覚をつかむのは必須。極論を言えば、試合直前の公式練習もサーブだけでいいと思っているぐらいだが、選手からすれば数本はスパイクも打ちたい。

たいていのチームが試合直前にはコンビ練習を行うが、駿台学園では特にコンビ練習はしない。むしろ普段の練習時と同様に、ネットを挟んで3対3のトータル練習を入れれば全員がトスも上げるし、スパイクも打つので効果的だ。連覇した2024年の大会でも、決勝戦の公式練習で3対3をしたら会場がざわついたが、別にふざけているわけではなく、これが駿台学園にとってのスタンダードでベストな練習をしていただけだ。

厄介なのが、1試合目やセンターコートではない試合。試合を行うコートではほぼ練習できず、天井の高さや照明の具合を確認できないからだ。たとえばその日は3試合目だったとしたら、2つ前の試合となる1試合目が始まる時間に会場へ入り、それぞれのペースでストレッチをしたり、準備をしたりする。基本的には次の試合をするチームしかアップコートを使えないので、2試合目が始まったらアップコートに入り、少しずつ身体を動かす。緊張したり、普段と違って力が入りすぎたりすると、準備段階で必要以上にアップの強度を高めてしまいがちだが、そうなればエネルギーが消耗するのも早い。

何より勘違いしてほしくないのは、試合前に行うのは「練習」ではなく「アップ」だということ。便宜上「公式練習」と言われるが、試合のために必要な練習は、この試合に向けて重ねてきたのだから、試合に向けた準備、「アップ」をする時間だということを忘れてはならない。10分なら10分、30分なら30分で、間もなく始まる試合に向けて何をするか。ただやみくもにやればいいというものではないし、やりすぎもよくない。日々重ねてきた練習でもう十分準備はできているのだから、あとは最後の調整と確認のみ。選手たちが自信を持ってコートに立てるように送り出すだけだ。

勝利至上主義ではなく、将来につながる練習を

戦績だけを見れば、駿台学園は勝ってきたチームだ。何より選手たち自身も勝ちたいと思って練習をしているし、私も負けず嫌いなので負けていいとは思っていない。むしろ選手たちが「勝ちたい」と望むならば、そのための練習や環境を準備しなければならないと思い続けている。

本音を言えば、今駿台学園でやっているバレーが私の理想か、と言えばそうではない。むしろこんなにきれいなバレーボールではなく、もっと他とは違う駆け引きや、意表をつくような面白いバレーをしたいな、と思うことはある。そして、それを実現するためには、身長は高くなくても経験やテクニックに長けた選手を集めたチームを率いたほうが、もしかしたらいいのかもしれないと思うこともある。

だが実際はと言えば、駿台学園には身長の高い選手が集まるし、何より私自身も「デカさ」は大きな魅力だと捉えているので、大きな選手には声をかける。そして彼らに指導す

るのは、目先の試合で勝利するための小手先の技術ではなく、将来につながるオーソドックスなプレーを習得すること。まず教えるのはサーブとブロック。レシーブは最後でいいと思っているし、全部拾えというわけでもない。もっと理論的に、サーブでここを狙う。ブロックはここに跳んでこのコースを締める。抜けたボールをレシーブして、誰でもトスを上げられる。虚を突いたプレーではなく、理にかなったバレーができれば、大型選手はその先につながる技術を得ることができると考え、実践しているつもりだ。

私だけでなく、同じ考えを持つ指導者は少なくないはずだ。実際に2メートル級の選手を辛抱強く、根気強く使い続ける監督もいるが、その一方で大きい選手を使い切ることに我慢しきれず、大きいというせっかく持っている武器を活かせないままケガをしてしまったり、ベンチを温めたりしている姿を見ると、心の底から残念だと思う。

なぜ、その差が生じるのか。

1つ理由を挙げるとすれば、おそらく監督が我慢できないから。選手を育てたい、選手に勝たせたいのではなく、自分自身が「勝ちたい」。だから我慢できない。

いやいや、同じ〝デカい〟選手でも、駿台には実力のある選手が行くからそう言えるんだ、と思われるかもしれない。捉え方は人それぞれなので、どんなふうに思われようと全く気にならないが、たとえば今年のエースである川野琢磨。川野は196センチと高校屈指の高さがある選手だが、駿台学園ではただ打つだけのポジションではなく、サーブレシーブもするポジションに入れている。

さらに言うならば、入学してきた段階の川野はレシーブがうまい選手ではなかった。だが今は、サーブレシーブもそれなりに返せるようになってきたし、トスを上げさせても器用に上げる。すべて練習の成果であり、スパイクもレフト、ライトとどちらでも打てるので、上のカテゴリーに行けばいろいろな起用法ができる選手に成長した。それも彼の武器になるし、今のチームでは私が指示をしなくても、対戦相手に合わせて選手たちが指示し合って、ブロックチェンジをするのも日常茶飯事。このメンバーでどう戦えば強いか、選手たちが理解している証でもある。

大きい選手には大きい選手の利点があり、小さい選手にも小さい選手の利点がある。選手1人1人、個性も違えば長所や短所も違う。たとえば試合当日でも、100％コンディションが整っている選手もいれば、自分では100％のつもりでも80％にしか達していないこともあるかもしれない。その時に無理して100％を出そうと思うと、足りない20％に目が向き、選手自身も「うまくいかない」と思うし、指導者からすれば「なんでできないんだ」と怒鳴りたくなるのかもしれないが、考え方を変えれば見方も対処も変わる。

その時80％ならば、80％を出し切る。3メートル20にしか届かないなら、3メートル20でできるプレーを突き詰める。いかにその日のベスト、その選手にとってのベストを引き出せるか。指導者に求められるのは目先の勝利に向けた勝利至上主義ではなく、もっと広く、長い将来を見据えた指導と、練習方法を提供することではないだろうか。

第7章

バレーボール界の未来に向けて

ＳＮＳも規制なし。18歳になったら「選挙へ行け」

監督の私がこういう性格だからかもしれないが、駿台学園は常にオープンだ。校則の範囲内であれば、部の規約でＮＧはない。当然選手は全員スマートフォンを持っているし、ＳＮＳのアカウントも持っている。それどころかチームの公式インスタグラムもあるので、事あるごとに選手の写真や動画も投稿する。選手たちには、日頃から「うちはＳＮＳ発信を積極的にしていくから、どんどん協力してもらわないと困るよ」と伝えている。

もちろん使い方を間違えれば、ＳＮＳのトラブルに見舞われることもあるので、部ではなく学校としてＳＮＳの講習会の場も設けられている。そのうえで、これはダメだよ、こういう投稿をするとトラブルにつながるよ、と注意もする。それで失敗したと言い出してきたら、それは自己責任。そうなりたくないならば、自分で気をつけるしかない。

ＳＮＳ自体をダメとは言わないが、もしも夢中になりすぎて、夜も寝る間を惜しんで睡眠時間も削ってスマホを見ていたというのは論外だ。いくらいい練習をして、トレーニングやケア、食事などで身体を整えても、睡眠時間が少なければ意味がない。使うのはいいけれど、時間の使い方も考えながら使いなさい、というのは大人にも当てはまる教訓だ。

学校によっては、SNSを禁ずるチームもある。それぞれ事情があるのだと思うが、たとえば「選手がその時々の情報をSNSで発信してしまうかもしれない」と危惧する人もいる。そもそも私にはそういった発想がなかったし、もっと言えば、駿台学園の選手に関しては今日の試合や明日の試合で、誰が先発で出てどのポジションに入るかは直前までわからないので、「明日は◯◯が出ます」と書きようもない。むしろ彼らからすれば、教えてほしいぐらいだろう。チームの戦術をバラされるのではないか、コンディションをバラされるのではないかと怯えているようなら、指導者として器が大きいとは言い難い。

むしろ露出もチームを知ってもらう、選手を知ってもらうための大事な手段で、SNSはこの時代において最たるものでもある。インターハイの時は、予選を終えて本戦のトーナメント抽選の前に、全員でその土地の神社に行っておみくじを引き、大吉を引いた選手が縁起を担いで抽選会場に行くのだが、その一部始終も動画で撮影してSNSで発信する。「なんだ、今年はお前らか」と指導者とは思えないような私の言葉も隠すことなく載せるし、遠征に向かう際の空港でスマートフォンをいじる選手に近づいて写真を撮り「#エゴサする〇〇選手」と選手以上にふざけた発信もする。それも1つのコミュニケーションだと思っているし、それぐらいがちょうどいい塩梅だと私は思っている。

何より、3年生にもなれば大人でもある。今は18歳で成人となり、クレジットカードもつくれるし、選挙にも行ける時代だ。教師と生徒だから大人と子どもと見下すのではなく、わかることは教えて、ダメなものはダメ、なぜダメかという理由も合わせて伝える。

選挙の話で言えば、私は社会科教諭でもあるので、3年生に向けた授業の中でも選挙があれば行きなさい、と必ず伝えているし、むしろバレーボール部員で行かなかった選手がいれば叱る。なぜなら投票することが、自分たちの将来、未来に関わるからだ。

生徒たちからすれば、よくわからない大人たちが言っていることなど理解できないし、誰に投票しても同じだから面倒だと思うのかもしれないが、いやいやそうじゃない。だから言う。

「世代ごとに投票率が出る。そうなれば、政治家は『若い人たちは選挙に行かないから、この世代に向けた政策なんて必要ない』と思うだろ。自分たちがもっとよくなりたい、いい時代をつくりたいと思うなら、ちゃんと自分で投票に行きなさい」

投票日はたいていい日曜で、練習試合や公式戦が組まれていることも多い。だが期日前投票もある。それでも気乗りしない選手には、冗談半分でこんな話もする。

「それぞれの投票所で、一番乗りをすると『確かにカラだと確認してください』と投票箱の中身が見せられるんだぞ。選挙マニアはそれを狙って行くらしいから、お前らも負けずに一番乗りで行ってこい」

箱の中身を見た、と報告してきた選手はまだいない。まだまだ言い続けなければならないようだ。

恋愛OK、むしろ「彼女をつくれ」

恋愛禁止。

未だに聞くこともあるが、いつの時代の話だ、と思っている。しかも15歳から18歳、いくらバレーボールが好きだとはいえ、恋愛だってする。むしろあの子がかわいいとか、あの子がカッコいいとか、そう思うことのほうがよほど自然だ。

選手たちはどんどん恋愛をすればいいし、彼女もつくればいい。彼女ができたら、練習が休みの日には行きたい場所にデートだって行けばいい。それどころか私のほうから、授業を受け持つクラスの女子生徒が「バレー部の◯◯君がカッコいい」と言っていたら、「いいじゃん、あいつ今彼女いないよ」と紹介することもある。

彼女がいれば、浮ついてバレーボールに集中しない。彼氏ができれば、結果が出ない。本当にそうだろうか。いかなる時でも結果が出るか、出ないか。集中するか、しないかは本人次第。ダメだったら試合に出られないだけ、レギュラーから外れるだけのことだ。

あくまで私の持論だが、高校生の頃は男子も女子も彼氏や彼女がいたほうが頑張れるだろうし、特に男子は「カッコいいところを見せたい」といつも以上にスイッチが入る。彼女が見に来るという選手が「緊張します」と言っていたら「いやいや緊張している場合じゃないだろ。いいところ見せろよ」とからかうこともあるし、中には彼女との写真をインスタグラムにアップする選手もいる。もちろん、規制することなどない。むしろ大歓迎だ。

これも私の持論ではあるが、高校スポーツ界全体を見ていると、男子選手よりも女子選手のほうが、むしろ規制が厳しいのではないだろうか。以前、高校球児の坊主頭が話題になったことがあるが、女子バレーボール部の選手を見ていると、強豪校の選手は皆が皆ショートカットで、髪型だけを見れば見分けがつかない。自分がその髪型にしたくて選んでいるのならば何の問題もないが、我慢しながら「バレー部の決まりだから」とやっているほうが多いように見えるし、監督の意向も強い。SVリーグの選手がロングヘアでプレーしているわけだから、プレーにも支障はないはず。語弊があるかもしれないが、監督を王様にしたひとつの王国のようだ。

少しだけ経験があるが、もしもこれから私が女子の指導をするとしたら、まず髪型は自由。長くても短くても、校則の範囲内で自分がしたい髪型にすればいい。恋愛だってもちろんOK。逆に人の目など気にせず、部活中にコートの隅で着替えるような選手がいたら言語道断。部活をしながらオシャレだってすればいいし、休みの日には高校生活を満喫してほしい。

18歳になれば大人と認定されるとはいえ、高校生は未成年。もしも何か問題があれば親に監督責任がある。そのため、保護者たちも学校では「すべて先生に任せる」と委ねるのかもしれない。そして、女子選手の指導者は、必要以上にルールも定めて管理しなければいけないと規制を設け、それがいつの間にか「ずっとこうやってきたから」と伝統になっていくのかもしれない。確かに、いいものは残せばいいが、時代が変わっているのだからいくらだって変化すればいい。

駿台学園バレーボール部にも都内や神奈川、千葉などの首都圏だけでなく、全国から集まってくる選手がいる。バレー部専属の寮があるわけではないが、ホテルのドーミーインなどを展開する共立メンテナンスが首都圏に学生寮を多く持ち、「駿台バレー部の選手たちもぜひ」という話をいただいた。24時間寮母さんが常駐していて、朝晩二食付きのワンルーム。学校から自転車で10~15分の立地にあり、セキュリティもしっかりしており、保護者であっても異性は入れない。体調を崩して学校を休む際には寮母さんが学校に連絡してくれるし、遠征も含めて外泊した日が何日あったか、寮母さんから監督宛にレポートが送られてくる。

寮1つとっても、新たな形が進んでいる。最低限のルールは必要でも、過度な干渉や規制はいらないはずだ。

24時間監督ではなく、家族との時間も大切に

干渉しない、干渉されない、という点で言えば、おそらく私自身が誰よりもそうかもし

れない。第6章でも触れたが、妻も働いているので娘がピアノ教室の日には迎えに行くし、公式戦があれば家族も旅行を兼ねて応援に来てくれるので、試合が終われば一緒に過ごす。翌日も試合があれば、データをまとめて準備をしなければならないが、逆算すれば自由時間がどれぐらいできるかもわかる。以前、黒鷲旗というゴールデンウィークに大阪で開催される大会の際に、体育館の隣にあった公園で試合後に娘と遊んでいたら、大学の監督に偶然会って驚かれたが私にとっては日常だ。

結婚して生活が変わったこともあるが、以前、信頼する同業の監督と話をしていた際、こんなことを言われた。

「日本一になっているからといって、監督が幸せになっているかと言えばそうとは言い切れないよね」

確かに、と納得した。もちろん日本一という目標は達成したのだから、その点に関しては幸せかもしれない。だが、平日は学校で授業と部活。私の場合で言えば、今年は3年生の学年主任で社会科の教科主任。授業の数も少なくないし、選手の受験に向けて用意しなければならない書類も山ほど担っている。

そして土日は、ほとんどが練習試合か公式戦なので休みがない。私だけが特別なのではなく、おそらく「教員」である「監督」はほぼそんな生活を送っている。それどころか試験期間になれば、バレーボールだけでなく勉強の面倒を見る人もいる。そんな毎日を積み重ねて家族との時間を削らざるを得なかった結果、離婚を余儀なくされるケースも少なくない。まだ、そうなっていないことには、妻に感謝しなくてはいけない。

バレーボールも学校生活も大事だが、家族だって大事。当たり前だ。授業を減らしたり、毎日練習するのではなく休日を設けたり、個人にできることがあるとはいえ限界もある。サッカーや野球の世界では、教員ではなくプロの監督も増えた。これは競技全体の発展や、選手の目線から見てもいいことだと思うし、教員と監督を両立、しかも部活に関してはほぼ無報酬で行う現状を打破するためにも、望ましいことではないだろうか。

家族との関係、という点で言えば、私だけでなく選手たちにも家族がいる。実家から通う選手や、寮生活の選手。親元を離れている場合もあるが、試合になれば応援に来てくれる、選手にとって最も近い存在だ。

以前、高校野球の世界では親のお茶くみ当番など、家族にかかる負担が問題になり、競技を始める選手が減ってしまう弊害を生み出している、という記事を読んだことがある。駿台学園では遠征時の食事や補食を、保護者にコンビニで調達してもらうようにお願いすることはあるが、それ以上の過度な協力は求めない。私はこれまで、保護者たちとプライベートな時間に食事へ行ったこともないし、どの大会で優勝しても親を含めた全員で集合してその場で互いを称え合うこともしない。保護者たちの間で揃いのポロシャツやTシャツを着ているが、それも完全に私はノータッチで関与していない。

応援していただくこと、大事な子どもたちを預けていただいていることに対してはいつも感謝しているが、たとえ保護者でもダメなものはダメと言う。それも私の方針だ。

たとえば春高やインターハイでは、保護者を含めたチームの応援席はスタンドに設けられることが多い。揃いのTシャツでみんなが応援しているのだから、どこに応援団がいるかはすぐにわかるのだが、通路である階段やスタンド前方に学校名を入れたのぼりを立てている。その時は「すぐに下ろしてください」と注意する。のぼりがあるせいで、他の人が座れなかったり、見えなくなってしまったりするのは迷惑だからだ。

保護者の立場からすれば、ここが私たちの応援席だとアピールしているのかもしれないが、春高は学校関係者だけでなく多くのバレーファンもチケットを買って応援に来る。そもそも、応援席とされているスタンド席は自由席で、誰にでも座る権利がある。だが、応援席になっているから、と他の人が遠慮していたり、中には「応援席だから違う席に行ってくれ」と言われたりしてやむを得ず立ち去っているだけ。それはどう考えてもおかしい。むしろのぼりを外せば、1席ないし2席増えるかもしれない。学校関係者ではない方が座っているなら「一緒に応援お願いします」と巻き込んだほうがよほどいい。

余計なことをすれば、選手たちは注意される。親だって、監督だって同じだ。ダメなものはダメだし、必要のないものはいらない。余計なルールや気遣いは無用だ。

カードやTシャツ販売、スポンサーを集める理由

選手を勧誘する際、持参するのは学校案内のパンフレットではなく、自分たちが独自に印刷会社にお願いしてつくったバレー部を紹介するパンフレットだ。デザインも工夫して、近年の戦績や練習状況、SVリーグに進んだOBの紹介や私の指導理念などを簡潔にまとめたもので、毎年わがままを言いながら制作するため、我ながらいい出来栄えだと思っている。

以前は高校の部活動は学校教育の一環なので、過度な露出は控えるように、と考えられ

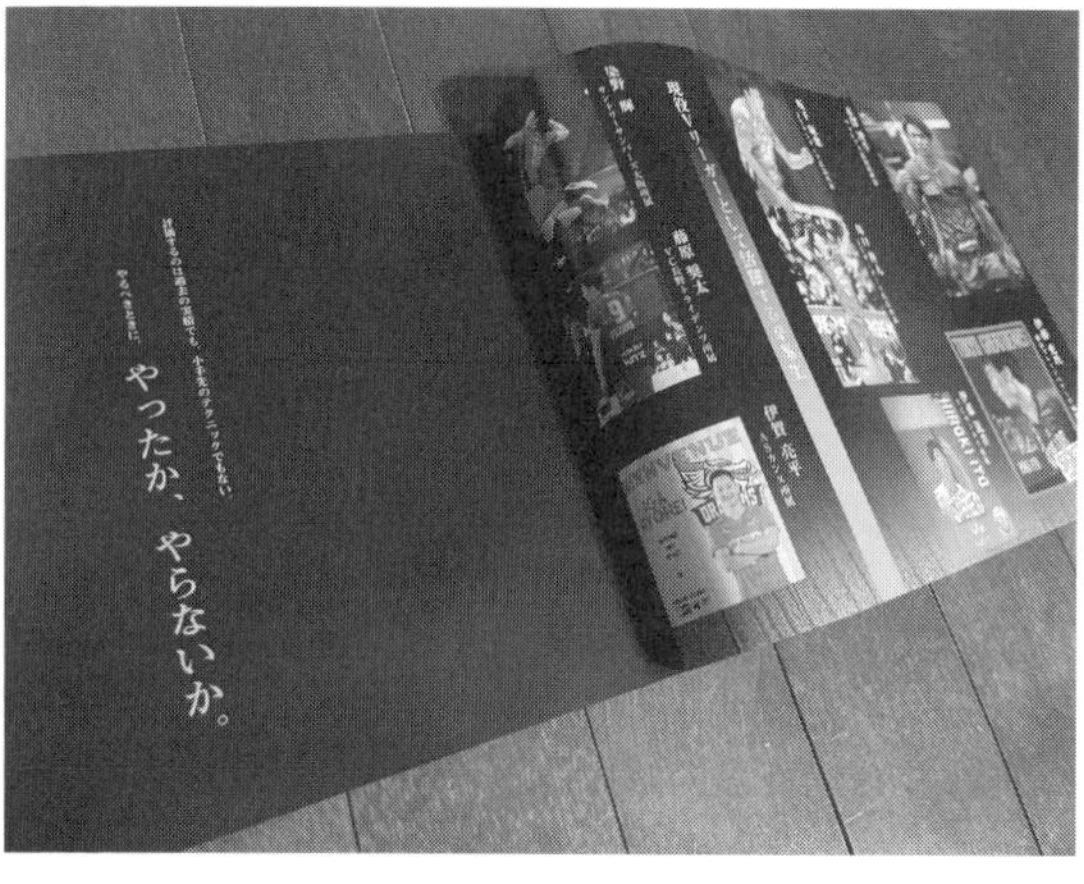

独自につくったバレー部紹介のパンフレット。SVリーグに進んだOBの紹介や指導理念などがまとめられている

てきた。だが今はＳＮＳに象徴されるように、チームや選手個々を知ってもらうためにそれぞれの方法でアピールするのも当たり前の時代だ。

昨年に関して言えば、卒業記念品になれば、と選手やマネージャーの名前と写真を入れたカードをつくった。ポテトチップスとともに売られる野球選手やサッカー選手のカードをイメージしてもらえればわかりやすい。１００枚つくって２０００円程度なので、それほどの出費にはならないし、余ったものは駿台学園バレー部応援Ｔシャツを購入していただいた方に、ひいきの選手がいたら

駿台学園バレーボール部の選手やマネージャーの名前と写真を入れたカード

選手が一筆添えたカードも一緒に送る。受け取った人も嬉しいし、選手からしても応援してくれる人がいることは励みになる。すべてにおいてウインウインだと思うのだが、ここも「高校生だから」「学生だから」という壁が存在する。

春高で優勝した2023年、私とコーチの土岐大陽《ひかり》は、チームを応援してくれるスポンサー企業の名前を入れたポロシャツを着てベンチに入った。もちろん、事前に本部サイドに確認を行い、着用許可を得たうえでのことだった。決勝はテレビ中継もされるので、感謝を示す意味でも最高の舞台だし、選手たちの練習着も同様にスポンサー名が入っているので本当は選手にも着せたかったたが、高体連を含む大会運営側からNGと言われた。また、大会終了後、以降の大会ではスタッフも含めて企業名が入るものはすべて着用禁止となった。すべてのチームが同じことをできるわけではないのだから、高校生らしくするべき、というのがその理由だった。

正直に言うならば、理由を聞かされても意味がわからない。このチームを応援したいという人がいて支援してくれる。それによって、選手やチームの負担も減る。悪いことなど何もないし、駿台学園バレー部だけでなく高校男子バレー界は、全国を見渡せば同様の取り組みをしているチームはたくさんある。

なぜ、その取り組みが必要なのか。

それは、部活をするだけでお金がかかるからだ。

選手たちは部費や生徒会費を支払い、遠征費も支払う。もちろん生徒自身ではなく保護者が支払うことになるのだが、練習着やシューズなど必要なものを揃えれば出ていく支出額は少ないものではない。インターハイなど遠方での公式戦の場合は、メンバー分のホテル代と交通費は学校の費用。もともとは生徒たちが支払った生徒会費から支払われているのだが、それを単純に割り当てるだけではメンバー外の選手は自腹で遠征しなければならない。そうなれば「自分は行かない」という選手も出てくるかもしれない。

全員を平等に、というわけではないが、駿台学園バレー部では学校から補助される遠征費を帯同する部員の数で均等に割り、それでも足りない分をそれぞれが負担する。全員が同じホテルに泊まることはできないし、大会によっては運営側からホテルを割り当てられるので、ホテルのランクに差が生じることもあるが、それはレギュラーを優先する。そもそも元をたどれば、レギュラーの選手たちは学校からの補助金でまかなえるところを、均等に割っているために負担が生じている。そこで、レギュラー以外の選手の中に「俺らのホテルのほうが安っぽい」などと不満を言う者はいないが、もしもいたら納得させられるだけの理屈はある。

チームとしてスポンサーを募る、という話をするだけでも、好意的に受け止めてくれる人が増えた半面、「そこまでしなくても」とまだまだ否定的な人もいる。だが、学校の体育館以外を借りるにもお金がかかるし、そのすべてを保護者に「負担してください」と言い続けることなどできない。ましてや、指導者が立て替えて自腹を切るのも本末転倒。むしろ現状では、すでに報酬なしの残業続きなのだから、部活動に携わりたいと考える教員は減る一方だ。

サッカーやバスケットボールなど、トップリーグがプロ化した競技は、高校生の大会も新たな変化が生じている。バレーボールもSVリーグになり、これからはプロ化も見据えた新たな動きが生まれてくるはずだ。高校バレー界もこれまで通りを当たり前とするのではなく、クラブ化や指導者のプロ化も含め、変化していかなければならない時を迎えているのではないだろうか。

テレビファーストの弊害

春高は、高校生バレーボール選手たちにとって憧れの大会で、最も規模の大きな大会だ。だが残念ながら、選手ファーストの大会ではない。

そもそも最大で6試合を5日間で行う。その日程1つとってもおかしいとわかるし、2025年1月の大会は1月5日に開幕して7日までに準々決勝を戦い、準決勝と決勝は翌週末に行われるが、3回戦と準々決勝はダブルヘッダー。これはどう考えてもおかしい。

何がメリットでデメリットなのか。まず前者で言えば、メリットは何一つない。そしてデメリットを挙げれば、まずアナリストは2回戦を終えてから3回戦までに、3回戦で対戦するチームと準々決勝で対戦する可能性があるチーム、計3チーム分を分析しなければならない。高校生でありながら、睡眠時間を削っているのが現状だ。

そして何より、選手たちのコンディションを考えれば、ダブルヘッダーは最悪としか言えない。すでに連戦で疲労がたまっている中で、3回戦と準々決勝という比重の高い試合を同じ日に戦わなければならない。だから、私は選手たちにあらかじめ伝えている。

「ダブルヘッダーの日は、ベストなバレーはできない。自分たちのやりたいことはできないと思って、今のベストをすることに徹しよう」

負ければ、これが高校最後。もしかしたらここでバレーボールを辞める選手にとっては、選手生活最後の試合だ。そこで疲弊しきった身体が動かず、満足できないまま敗れたら、その後悔は誰が責任を取ってくれるのか。連戦の疲労で足を攣りながらプレーする選手も少なくないが、高校野球でも選手の将来を考えて球数制限やクーリングタイムなどがある時代に、ボロボロになりながら戦う姿は少しも美談ではないはずだ。

さらに言うならば、試合順の問題もある。出場校が出揃い、組み合わせが決まる。決勝までのトーナメントは組まれるが、試合順が記され、定められているのは2日目まで。大会3日目にはどの試合順で組まれるかがわからない。そもそも各コートの1試合目から4試合目までが3回戦で、続けて5、6試合目に準々決勝が行われる。百歩譲って考えれば、それぞれのコートで行う1、2試合目の勝者が5試合目、3、4試合目の勝者が6試合目ならばまだ納得もできるが、試合順は放映するフジテレビが決めるので、注目選手を擁するチームの試合順が優先的に決まるため、ひどい時は1試合目と3試合目の勝者が5試合目、2試合目と4試合目の勝者が6試合目を戦うという考えられない順番が組まれたこともある。休息時間も対策する時間も全く違って、どちらが有利で不利かは言うまでもない。

高校生の大会を放映していただけることはありがたいし、選手たちにとってもあの舞台は憧れでモチベーションにもなっているのは間違いない。しかし、試合順がわからない大会が選手ファーストとは言えないし、学校関係者からも「応援のスケジュールを組みたいんだけど試合順、いつ決まるの？」といつも聞かれるが、すぐに答えられない。2日目の試合を終えた夜になってから連絡し、一般生徒たちに伝えられるのはそれからだ。応援する人たちにとっても「なんで？」としか言えない、テレビファーストの事情が存在するのはやはり腑に落ちない。

前回（2024年）の大会は、女子決勝は地上波の放送で生中継されたが、男子決勝は有料配信。選手も家族も、自分や息子が出場する決勝戦を見るのにお金を支払わなければならなかった。しかも、決勝で対峙した福井工大福井は、決勝進出、準優勝が福井勢初の快挙であったにも関わらず、リアルタイムでの放映すらなかった。

繰り返すようだが、選手たちにとって春高は最高の舞台だ。そしてこの日のために、厳しい練習を重ねてきて、本番で楽しそうにプレーしている姿を見るとやはり誇らしく思う。

だからこそ、その姿をより多くの人たちへ平等に伝わる、選手ファーストの大会であることを願うばかりだ。

これからの日本バレーに向けて

前回大会を終えた後、1月末に長野県岡谷市で開催されたSVリーグ所属のVC長野トライデンツのホームゲーム。試合前に駿台学園と岡谷工業のエキシビジョンマッチが行われた。その前には私が講師になり、駿台の選手たちも補助を務め、地元の小中学生を対象にしたバレーボール教室も実施された。3年生主体のエキシビジョンマッチも含め、大盛況の1日だった。チーム関係者の方々からも観客数が同会場で過去最多だったと聞き、大成功を収めたことを嬉しく思った。

高校という枠に限らず、日本の男子バレーボール界全体に目を向ければ、パリ五輪に出場した男子バレー日本代表の活躍も相まって、大きな盛り上がりを見せている。SVリーグの開幕戦も地上波で生中継されて、会場にも多くの観客が詰めかけた。人気チーム、人気選手を擁するチーム同士の試合は、即座にチケットも完売する人気ぶりが続いているのは素晴らしいことだ。バレーボールに関わる人間としてはもっと盛り上がってほしいし、そのためにできることがあれば何でも協力したい。たとえば、春高予選とSVリーグの試合を同日同じ会場でやるなどすれば、お客さんもたくさん入るのではないか。あるいは客観的に見て、SVリーグの各チームも地元の駅で試合があるとビラを配るとか、地元にチームを知ってもらうための努力をもっとすればいいのに、と思うこともある。運営側だけでなく、選手たちにできる活動ももっともっとあるはずだ。

高校を卒業すれば、選手たちの大半は大学に進学する。そこからさらに上のレベル、カテゴリーへと進む駿台学園の選手も年々増え、バレーボール選手として生きているOBたちも多い。そもそも、駿台学園でやるべきことをやってきた選手たちばかりだ。どんな環境にも対応できる力はあるし、これから各々の置かれた場所でどんな進化を遂げていくのか。それも1つの楽しみではあるが、同時にバレーボールだけの人間になるのではなく、好きなことを仕事にして続けていくために、できることは何でもやる。そんな人間になってほしいと願っている。

近年は高校や大学に在学しながら、SVリーグや海外のクラブに短期留学や、練習生として加入するケースも増えてきた。高いレベルのバレーを早い時期に経験すれば吸収スピードは上がるし、成長度合いも飛躍的に伸びるだろう。SVリーグもU15だけでなくU18など、高校生年代のアンダーカテゴリーのチームを有することが義務づけられていて、各クラブがどんどん発展していけば、高校界の勝利至上主義も撤廃されて強い「個」を生み出す仕組みも育まれていくはずだ。そのためには、私たち指導者も積極的に学び、刺激を受けながら成長していかなければならないと思っている。

第6章で練習方法について述べた際、マルキーニョスさんの指導をもとにランニングパスを始めた、と記した。マルキーニョスさんに限らず、現在のSVリーグには男女を問わず、各国から招聘した素晴らしい指導者たちが監督、コーチを務めているチームも少なくない。私は常に学びたいと思っているので、機会さえあればその方々に教えを請いたいと思ってきたし、実際にマルキーニョスさんのバレーボール教室がある際も選手以上に喜んで参加した。

また別の機会を挙げるならば、ウルフドッグス名古屋では高校生を対象にした「ウルフドッグス杯」が開催されていて、所属する選手が参加チームに1人ずつ臨時コーチとして加わって指導をしてくれた。駿台の選手たちにとっては、もしかしたらすでに私から言われていることでも、現役選手から言われればまた違う角度で見えるもの、感じることがあるはずだ。

そして何より私にとっては、当時ウルフドッグス名古屋の前身である豊田合成トレフェルサを率いて初優勝に導いたスウェーデンの名将、クリスティアンソン・アンディッシュさんの話を聞きたくて、隙あらばと何度も何度も通訳を介して質問に行くと、最初は「あれもこれもダメだ」と厳しく叱責され、挙句には「お前が環境をつくるしかないだろう」と言われたが、それでも「じゃあどうすればいいか」と食い下がると、私が行く前にアンディッシュさんが直接見に来てくれて、「これはいいけれど、ここはこうしたほうがいい」と具体的なアドバイスをしてくれた。後で聞けば、彼は常日頃から口調も要求も厳しい人だが、うまくなりたい、知りたいと求める人に対して実は好意的な人なのだそうだ。私が質問ばかりしていたのも「あいつは面白いから、きっといい指導者になる」と褒めてくれていたと聞き、素直に嬉しかった。

私の考え方としては、間違いなく自分よりも豊富な経験や知識を持つ人から、できることならばいくらでも学びたい。そしてマルキーニョスさんやアンディッシュさんに限らず、「知りたい」と聞きに行けばオープンに接してくれる人が多い。2021年の東京五輪で金メダルを獲得したフランス代表を率い、現在は大阪ブルテオンの監督も務め、次期男子バレー日本代表監督就任が内定したロラン・ティリさんもその1人だ。

東京でVリーグの試合が行われた際、試合後に希望する指導者に向けてティリさんの講習会が開かれると東京都バレーボール協会から連絡が来た。もちろん参加費はあったが、東京五輪を制した名将に話が聞けると考えれば、むしろ安すぎるほどの価格だ。試合を見ながら、どんな質問をしようかと考え、試合後の講習会場に向かうと、参加者は私1人だけ。誰も知らなかったわけではなく、連絡が回っているにも関わらず参加しようと考えない指導者ばかりだという現実に愕然とした。せっかくのチャンスをなぜ活かさないのか、と心底もったいないと思ったし、貴重な話を1対1で聞けたのは何より楽しかった。

自分と同じ考え方の人もいれば、異なる発想の人もいる。でも、すべてその人にとって正解であり、そこから何を採り入れていくかは自分次第。そのためにも私はいろいろな人たちの話を聞きたいと思っているし、いろいろな人が書いた書物も読みたい。自分を成長させるためにも、常にアンテナを張り続け、感度を高め続けていきたいと思っている。

いつか最強の「駿台OBクラブ」で頂点を

間もなく春高が始まる。周りからは「三連覇」と言われるが、それがすべてではないし、頑張るのは選手たち。私にはプレッシャーも気負いもない。やるべきことをすべて果たすことが、自分の役割だと自認している。

そもそも功名心がないせいか、偉くなりたいとか、日本代表で活躍する選手をどんどん輩出したいと思うこともない。強いて言うならば、バレーボール界がいい方向へ進んでいくための手助けをしたい、と思い続けてきた。そのためには常に新しいことにチャレンジしていきたいと思っているし、新しい道に進めばうまくいかないことも増えるだろうし、誰もやっていないことを始める時には叩かれることだってある。だがそれでも、変えられるところ、変えるべきところは変えていきたいと思っているし、同じ思いを持つ指導者が多くいることも知っている。

三冠を達成した2017年、当時はすべてのことがチャレンジだった。今は専門家の知恵と知識を仰ぐが、あの頃はトレーニングメニューも自分で考えていたし、いろいろなものを採り入れたいと思って外国人指導者に話を聞いたり、いろいろな視点が加わったりすることが楽しかった。

もちろん今も新たな刺激はあるが、その時と同じような新鮮さがあるかと言われれば、また少し違う。むしろ、かつての自分のように「こうなりたい」「もっと知りたい」と欲する指導者を育成するようなことができれば、それも面白いのではないか、と思うこともある。練習試合をしたい、というだけでなく、梅川に話を聞きたい、と思うことがある人にはどんどん聞いてほしいし、いつでも門戸は開けているつもりだ。

私自身が考える、考えないに関わらず「高校カテゴリーに留まらず、トップチームで指導者をする気はないのか」と尋ねられることもある。もちろん1人の指導者として、「やってみたい」と思う前に、「もっとこうしたらいいんじゃないかな」と思うことはある。だが、自分から積極的に手を挙げて代表監督になりたい、代表に関連するスタッフになりたい、とは思わない。むしろそれ以上に思うのは、いつか自分でクラブをつくり、卒業生たちを集めてSVリーグで戦ってみたい、ということだ。

自分が思うバレーを、自分の理想やイメージを共有する選手たちが表現して、日本人だけのチームが強いチームにどんどん勝っていくような最強のチーム。そんなことができたら面白いのではないだろうか。現在のバレーボールのトップチームを見ていると、よくも悪くも色がない。サッカーのように地域密着が徹底しているとか、独自のカラーがあまり感じられないのが現状で、だからこそ自分がやってみたい、と思うのかもしれない。

高校バレーを見る人たちに、「これが駿台だ」と思いながら楽しんでもらえるチームと同じかそれ以上に、自分自身がやりたい、面白いバレーを魅せることで地域を巻き込んでチームのレガシーをつくる。そんな未来も、きっと悪くないはずだ。

おわりに

感謝、当たり前なのかもしれないが、この言葉しか思い浮かばない。

私は、本当に人に恵まれてここまで成長できたと思う。まずは、私にとっての監督たち、浦野正監督、星野光宏監督、日笠智之先生、馬橋洋治先生、小磯靖紀先生、葛和伸元監督、吉川正博監督、山田晃豊監督、菊間崇祠先生、誰1人欠けても今の自分が存在しなくなる。これだけの素晴らしい方々から指導を受け、コーチングを学べたことは本当に幸せだったと思う。感謝してもしきれない。特に、今回の書籍でも書かせてもらったが、恩師として挙げるならば日笠先生。これからも、日笠先生らしく適度な元気でバレーボールを指導し続けてもらいたい。

そして、私が指導者になってからお世話になった高校、大学の先生方にも感謝しかない。若造で生意気な自分をどうぞこれからもお相手してください。よろしくお願いします。

最後の感謝は、妻。家を空けることが多く、負担しかかけてなくて本当に申し訳ない。私はいろいろな方と接点を持ち、忙しいかもしれないが私にとってはプラスになることがたくさんある。しかし、妻には何もプラスがない。むしろ、マイナスしかない。それでも、喧嘩をすることもあるが、私を支えてくれているから、私はバレーボールに携わることができている。ありがとう。今後、少しでも恩返しができるように頑張ります。

書籍を発行するというこのような素晴らしい機会をいただき、改めてバレーボールのことについて考えてみると、やっぱりバレーボールって面白い競技だなと実感した。そして、私は私が思っている以上に、バレーボールが好きなんだという恥ずかしくて隠していた感情に気づかされた。

だからこそ、今、男子バレーボール界は重要な局面に立っていると私は考える。オリンピックからのSVリーグ。このバレーボール熱をどれだけ持続して、広げていくことができるか。トップの人たちだけでどうにかするのではなく、各カテゴリーで男子バレーボールに携わる人たち全員で協力して盛り上げなくては、自分たちの大好きなバレーボールが廃れてしまう。そうならないために、私はできることは何でもやりたいと思うし、新しいことにもチャレンジしていきたいと考えている。

「出る杭は打たれる」が、出すぎた杭は打たれない。異端児は異端児らしく、これからも人と違うレールの先頭を走っていきたい。この書籍を読んで、何か少しでもバレーボール界の発展や改善につながるようなことがあれば、嬉しく思う。

最後に、書籍をつくるにあたり、大変忙しい時期に無理難題を快く引き受けてくださった編集・構成の田中夕子さんをはじめ、このような機会をくださった竹書房の鈴木誠さんに感謝を申し上げます。

2024年12月　駿台学園高等学校　男子バレーボール部監督　梅川大介

駿台学園を最強に導き、
今なお勝ち続ける
異端児

2025年１月３日　初版第一刷発行
2025年６月25日　初版第三刷発行

著　　者／梅川大介

発　　行／株式会社竹書房
〒102-0075 東京都千代田区三番町8-1
三番町東急ビル6F
email：info@takeshobo.co.jp
URL　https://www.takeshobo.co.jp

印 刷 所／共同印刷株式会社

カバー・本文デザイン／轡田昭彦＋坪井朋子
カバー写真／アフロ（日刊スポーツ）
取材協力／駿台学園高校男子バレーボール部
編集・構成／田中夕子

編 集 人／鈴木誠

本書掲載の写真、イラスト、記事の無断転載を禁じます。

落丁・乱丁があった場合は、furyo@takeshobo.co.jpまでメールにてお問い合わせください。

本書は品質保持のため、予告なく変更や訂正を加える場合があります。

定価はカバーに表示してあります。

Printed in JAPAN 2025